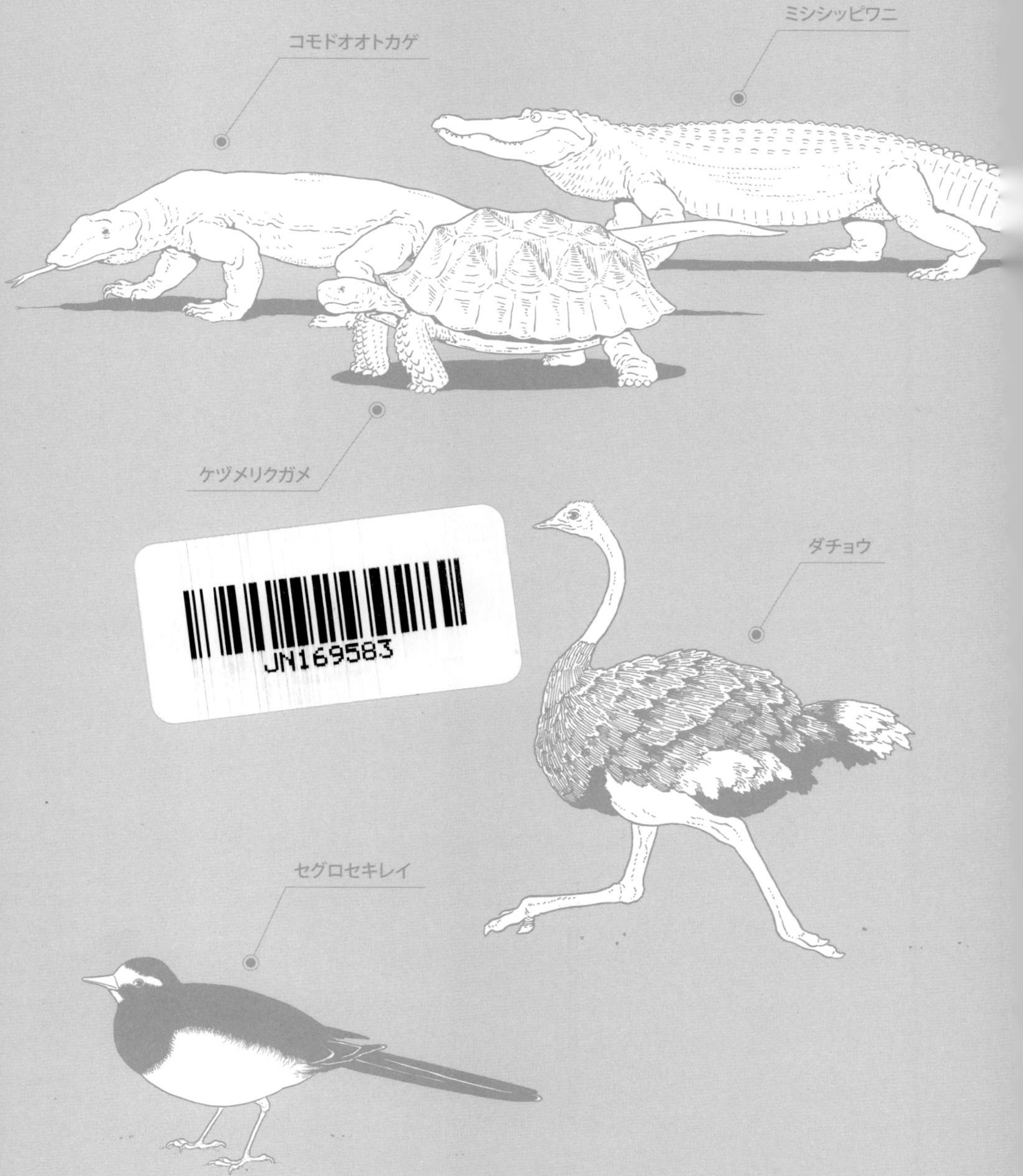
ミシシッピワニ
コモドオオトカゲ
ケヅメリクガメ
ダチョウ
セグロセキレイ

ふたりのカミサウルス

平田昌広・作
黒須高嶺・絵

もくじ

コウダイとヒロト

「コウダイ、なにしてんだよ。はやく行こうよ。」

「ちょっと待って。」

昼休み。コウダイをふくむクラスの男子のほとんどは、校庭に出て遊ぶ。

五月の連休《れんきゅう》があけて間もないその日。コウダイはいつものようにボールを持ってかけだしたが、黒板のまえで、ふと立ちどまった。

「おい、コウダイ。はやく来いよ！」

「ごめん。やっぱり、さき行ってて。」

コウダイはそういうと、手にしていたボールを友だちにパスして、体の向きをかえた。

コウダイが見つめるさきには、おり紙でつくられた恐竜《きょうりゅう》があった。

「それ、ティラノサウルス？」

「え？」

コウダイがヒロトに話しかけたのは、たぶん、これがはじめてだ。

三年生になるときのクラスがえでいっしょになって、一か月とちょっと。それまで、話したことはなかったし、ヒロトがだれかと話している

ところも、たしか一度も見たことがなかった。

コウダイは、つづけてヒロトにいった。

「そのおり紙、ティラノサウルスだよね。ちがう？」

「うーん。そうだけど、ちょっとちがう。」

ヒロトは、こまったような顔でこたえた。

「えっ、なにそれ。そうだけど、ちがうって、いったいどっちなの？」

コウダイが問いつめると、ヒロトはだまってうつむいてしまった。

コウダイは、いつも友だちとふざけあっているときと、おなじ調子でいったつもりだった。

でも、ヒロトには、ちょっときつく聞こえたのかもしれない。

コウダイは、ヒロトのつくえのわきにしゃがむと、おり紙の恐竜《きょうりゅう》を指でつついた。

「あのさ。これ、すごいじょうずだなあって思って。ティラノサウルスだよね？」

すると、ヒロトもおなじように、恐竜《きょうりゅう》のしっぽを指でつついた。

「ここがね……。」

「しっぽがどうしたの？」

「この恐竜《きょうりゅう》さ、しっぽが地面についてるでしょ。二本足じゃ立てないから、しっぽでささえてるんだ。」

「へえー、じょうずにできてるけど、これじゃ、だめなの？」

「だって、ティラノは二本足でしっかり立ってるから。しっぽでささえなくてもね。」

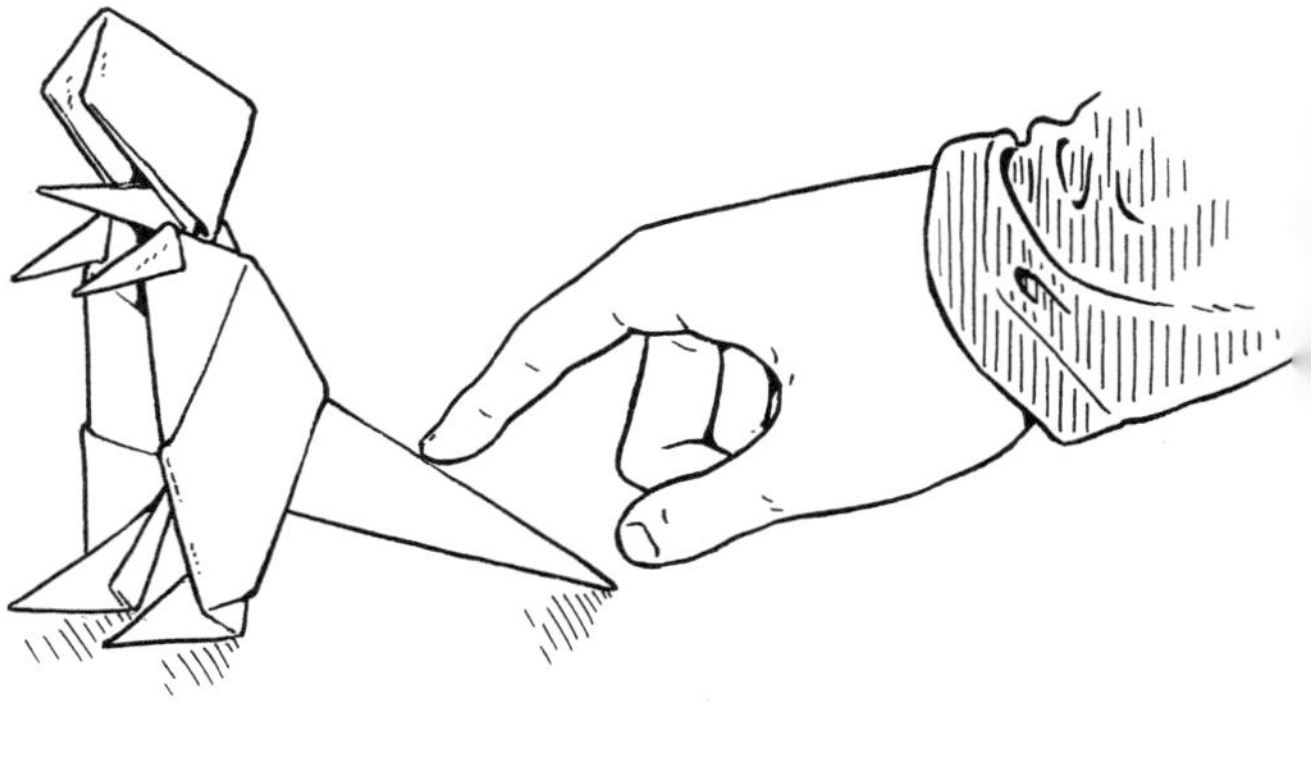

そういうと、ヒロトは、いきおいよくいすをひいて、つくえから図鑑《ずかん》をとりだした。すばやくページをめくって、指をさしたさきには、ティラノサウルスがいた。

「ほらね。」

「ほんとだ。おれ、ティラノ大好《だいす》きだけど、ちゃんと見てなかった。」

「ティラノが好《す》きなの？」

「うん。トリケラトプスが好《す》きってやつもいるけど、草食の恐竜《きょうりゅう》っていまいちなんだよね。おれは絶対《ぜったい》肉食恐竜《きょうりゅう》。もちろんティラノ派《は》。ヒロトは？」

「ぼくもティラノ派《は》。」

「だよね！　あのさ、これ二本足で立つようにできないの？」

「うーん。できるかもしれないけど、バランスがすごくむずかしいんだ。」

ヒロトはティラノサウルスの背中《せなか》を持って、二本足でそっとつくえにおいた。でも、こんどは前のめりになって、前足がついた。

「ほんとだ。二本足だと立たないのか。でもさ、この恐竜《きょうりゅう》、すっごくかっこいいよ。」

「ほんと？」

「うん！　おり紙でつくったとは思えない。」

「ティラノにみえる？」

「もちろん！　しっぽでささえてても、ぜんぜん気にならなかったもん。」

コウダイを見て、ヒロトがすこしわらった。

それから、ヒロトは、ティラノサウルスのほかにも、おり紙でつくった恐竜《きょうりゅう》をコウダイに見せてくれた。

つくえのうえにならんだおり紙の恐竜《きょうりゅう》たち。

気がつくと、五時間目のチャイムがなっていた。

ヒロトとの話は、ほかの友だちとはちがう楽しさでいっぱいで、あっという間に時間がすぎた。

ふたりは、きっといい友だちになれる。

コウダイは、さいこうにわくわくした。

二本足で歩くこと

コウダイは家に帰ると、ヒロトとのできごとをおかあさんに話した。

おかあさんは、夕食のしたくをしながら、ときどきあいづちをうち、エプロンで手をふいてから、コウダイにいった。

「へえー。それじゃあ、ヒロトくんは、コウダイよりも恐竜《きょうりゅう》にくわしいの？」

「うん。くやしいけど、ぜんぜんかなわない。おかあさん、知ってる？　ティラノサウルスは、恐竜《きょうりゅう》のなかの、なんてグループに入ると思う？」

コウダイのいきなりの質問《しつもん》に、おかあさんはこまった顔でこたえた。

「うーん。おかあさん、恐竜《きょうりゅう》のことなんて、さっぱりわからないよ。」

もちろんコウダイは、おかあさんが質問《しつもん》にこたえられるとは思っていない。

でも、頭のなかいっぱいに、ヒロトとの会話がひろがって、話をしないではいられなかった。

「あのね、おかあさん、ティラノサウルスは、じゅうきゃくるいなんだ。」

「え？　なに？　ちゅうがくせい？」

おかあさんのとんちんかんなこたえに、コウダイは思わずふきだした。

「えーっ！　なんでティラノサウルスが中学生なの。獣脚類《じゅうきゃくるい》だよ。獣脚類《じゅうきゃくるい》の特《とく》ちょうは、二本足で歩くこと。でも、ヒロトがつくった恐竜《きょうりゅう》は、二本足で立たないんだよね。」

「ん？　どういうこと？」

「だからね、ティラノは、ほんとうは二本足なんだけど、ヒロトがおり紙でつくったのは、バランスがわるいんだよ。しっぽをつかって三本足にしないと立たないんだ。」

「ふーん。なるほどね。なんとなくわかってきた。ティラノサウルスは、ほんとうは二本足だけど、ヒロトくんがつくったのは、しっぽでささえないとだめなのね。」

「そういうこと。二本足でバランスをとるのって、すっごくむずかしいんだ。人間だって、あかちゃんのときは立って歩けないでしょ。だからさ、ティラノも人間も、すごい生きものなんだ！」

「うん。コウダイがいってることも、とってもすごいよ。でも、それ、ぜーんぶヒロトくんに聞いたんでしょ。」

「そうだよ。人に聞いたらだめなの？」

おかあさんに水をさされたようで、ちょっと不満《ふまん》だった。

でも、おかあさんはコウダイを見ると、にっこりわらっていった。

「いや、ぜんぜんだめじゃないよ。いろんなことに興味《きょうみ》をもって、とってもすてきなことだもん。」

「でしょ！　だからさ、ヒロトも、すてきで、すごいってことだよ。」

「そうね。コウダイがすごいってみとめるヒロトくんに、おかあさん、会ってみたいなあ。」

「え？　じゃあ、うちによんでもいい？」

「もちろん。コウダイが好《す》きな友だちなら大歓迎《だいかんげい》！　ぜひ、さそってみて。」

「りょうかい！　あした、学校でさそってみる。」

コウダイは背《せ》すじをぴんとのばして、おかあさんにいった。

タイミング

次の日。コウダイは、おかあさんとの約束《やくそく》どおり、ヒロトをさそうつもりでいた。

でも、声をかけられないまま、昼休みをむかえた。

二時間目と三時間目のあいだの休み時間は、いつもとおなじように、校庭へ出て遊んだ。

そのとき、ヒロトは席《せき》についたまま本を読んでいたけれど、コウダイはそとで遊びたくて、いつもの友だちと校庭へ出たのだ。

ひょっとすると、ヒロトはそとで遊ぶのがあまり好《す》きではないのかもしれない。

なんとなく、コウダイは思った。

それなら、そとで遊ぶことが多いコウダイが、きのうまでヒロトと話したことがなかったことも、なっとくできる。

でも、ヒロトは、そとで遊ぶのが好《す》きではないという、たんじゅんな気持ちだけでもない気がする。

そとが好《す》きとか、きらいとか。そういう問題ではかたづけられない、なにかがあるのではないか。

たとえば、宿題が終わって、そとへ出ようというときに、どしゃぶりだった雨があがって、太陽が顔を出すような感じ。

タイミングがあえば、ヒロトだってそとへ出て遊ぶだろう。

きっとそれだけのことだ。

ふたりのタイミングがあえば、もっともっとなかよくなれる。
そんな気がする。
昼休みまえのそうじを終えると、コウダイはヒロトのすがたをさがした。
でも、コウダイが声をかけるよりはやく、ヒロトが教室を出て行ってしまったのだ。
コウダイは、あわててあとを追った。
ひょっとすると、いまがヒロトのそとへ出るタイミングなのかもしれない。
どきどきしながら、ヒロトを追いかけた。

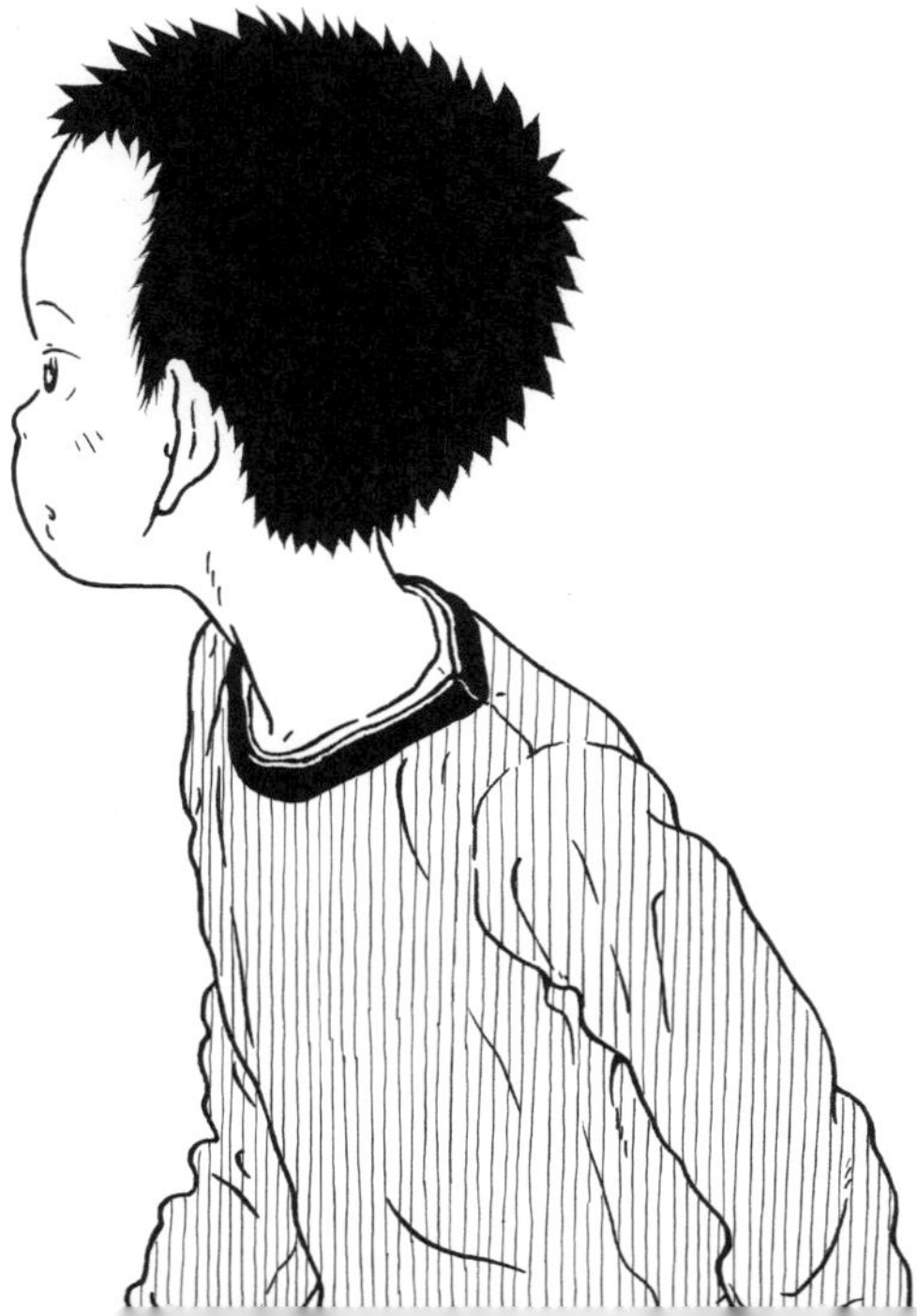

ヒロトの行き先

コウダイはヒロトのあとを追って教室を出た。
ヒロトは、三年生の教室がある三階から階段《かいだん》をおりて、二階のろうかを右へすすんだ。
行き先を見て、コウダイは、はっとした。
一階のげんかんまで行って、そのまま、そとへ出るだろう。
そう思っていたからだ。
コウダイは、ろうかの角に身をかくして、ヒロトを目で追いかけた。
すると、ヒロトはつきあたりの図書室へ入って行った。

コウダイが図書室に入ったのは、たしか二、三回。国語の授《じゅ》業《ぎょう》でクラス全員で来たときだけだ。

なにしろ昼休みも図書室があいていることを、いままで知らなかったぐらいだ。

でも、ヒロトはずいぶんなれた感じだったから、きっと何度も来ているのだろう。

コウダイが、休み時間にそとで遊んでいるあいだ、ヒロトは図書室にいたのかもしれない。

そうだとしたら、ヒロトの頭につまった恐竜《きょうりゅう》の知識《ちしき》は、ここで学んだのだろうか。

図書室の入口からそっとなかをのぞくと、おくのつきあたりにヒロトがいた。

ゆかにべったりおしりをつけて、いかにもむずかしそうな本を読んでいた。

コウダイはまわりを気にしながら、しずかに話しかけた。

「おーい、ヒロト、なにしてるの？」

ヒロトは、ちょっとふしぎそうに顔をあげると、すわったままの姿勢《しせい》で手まねきをした。

図書室には、五、六年の女子が三人と、あまり知らない先生がひとり。

コウダイには、あきらかに、いごこちのわるい空気だというのに、ヒロトはまるで気にならないようだ。

コウダイは、ヒロトだけを見ながら、すべるように歩みよった。

「それなに？　なに読んでるの？」

意識《いしき》していないのに、声が小さくなる。

「これ。『恐竜大研究《きょうりゅうだいけんきゅう》』」

ヒロトは、まわりのことを気にするようすもなく、手にしていたぶあつい本を持ちあげた。

コウダイは、表紙をのぞきこんだ。

「研究？　なんかむずかしそうだね。」

「そんなことないよ。すっごくおもしろいよ。ねえ、恐竜《きょうりゅう》ってなんのなかまか知ってる？」

「え？　恐竜《きょうりゅう》？」

コウダイは顔をあげて、すこし考えた。

おそろしい顔やするどい歯。うろこでおおわれた体は、ワニやトカゲのような気がする。

「ひょっとすると、爬虫類《はちゅうるい》？」

「正解《せいかい》！　それじゃあ、恐竜《きょうりゅう》から進化した生きものはなんだと思う？」

「え？　だから、ワニとか、トカゲじゃないの？」

コウダイがこたえると、ヒロトはにやっとわらった。

「それがちがうんだ。」

恐竜《きょうりゅう》の子孫《しそん》

ワニやトカゲは、絶滅《ぜつめつ》してしまった恐竜《きょうりゅう》の子孫《しそん》ではない。

そういわれても、コウダイにはむずかしすぎて、頭がくらくらした。

それとは反対に、ヒロトの目は、話がすすむほど、ますますかがやいた。

「恐竜《きょうりゅう》は、ワニやトカゲとおなじ爬虫類《はちゅうるい》だよ。でも、恐竜《きょうりゅう》が進化して、いまのワニやカゲになったわけじゃないんだ。だって、

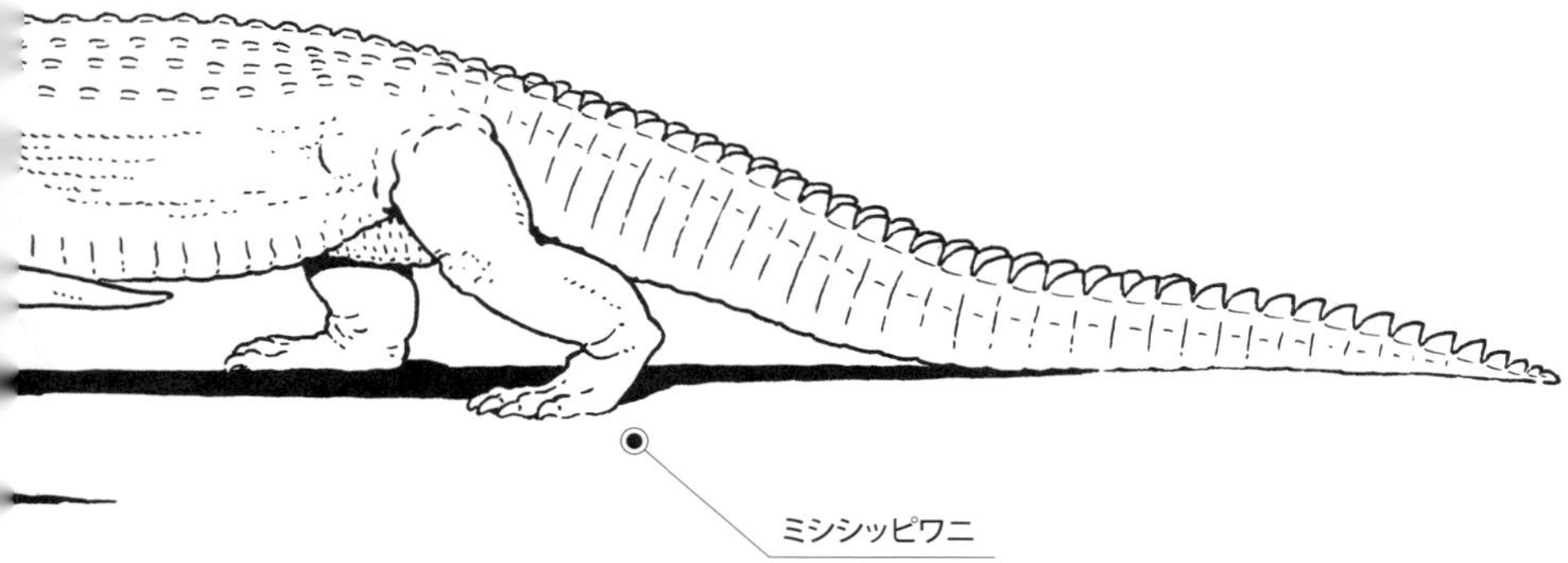

恐竜《きょうりゅう》の時代にも、ワニやトカゲ、それにカメだっていたんだからね。」

「ん？　それじゃあ、恐竜《きょうりゅう》から進化した生きものって、いまはどこにもいないの？

恐竜《きょうりゅう》の子孫《しそん》はいないってこと？」

「ねえ、サエキくん、おり紙のティラノの話を思いだして。」

ヒロトにいわれて、コウダイはなんだかへんな気がした。

おり紙のティラノのことではない。ヒロトが口にした「サエキくん」というよびかたが、ひっかかったのだ。

たしかにコウダイの名まえは、サエキコウダイだが、そうよばれるとむずむずする。

「あのさ、『サエキくん』じゃなくて、『コウダイ』でいいよ。『サエキくん』なんていいかた、クラスの一部の女子だけだって。」

「じゃあ、コウダイくん？」

「うーん。『くん』もいらないけど……」

ヒロトの顔がだんだんこまっていくのがわかったので、コウダイは、あわてて笑顔《えがお》をつくっていった。

「いいよ、いいよ。コウダイくんでオッケー！」

ヒロトとは、すっかりなかよくなったつもりでいた。

でも、考えてみれば、きのう、はじめて話をしたばかりなのだ。

もっともっとヒロトとなかよくなりたい。

そうすれば、きっと「コウダイくん」から、「コウダイ」になるにちがいない。

そう思って、ヒロトに話のさきをきいた。

「それで、おり紙のティラノと恐竜《きょうりゅう》の進化がどう関係《かんけい》するの？」

「ぼくがおり紙でつくったのは、ティラノサウルスだけど、ティラノサウルスじゃないって話。」

「あっ、思いだした。二本足だ！」

しっぽで体をささえて立つ、おり紙のティラノが頭にうかんだ。

「うん、それ！　それがヒント。恐竜《きょうりゅう》とおなじ二本足の生きものが、いまもたくさんいるはずだよ。」

「え？　人間？　人間は、恐竜《きょうりゅう》から進化したの？」

「ちがう、ちがう。たしかに、哺《ほ》乳類《にゅうるい》のなかで、かんぺきな二足歩行をするのは人間だけだよ。でも、ゴリラやチンパンジーみたいに手でささえなくても、おり紙の恐竜《きょうりゅう》のようにしっぽでささえなくても、二本足で歩く生きものが、ほかにいるはずだよ。」

そういうと、ヒロトは、とつぜん立ちあがって、窓《まど》からそとを指さした。まっすぐのびたヒロトの人さし指が大空をむいていた。

「ほら、あそこにも。」

「え？　どこ？」

「見えないの？　飛《と》んでるのが。」

空たかく、トビが円をえがくように飛《と》んでいた。

「えーっ、ひょっとして鳥？」

「そう。大空を飛《と》びまわる鳥も、地上におりれば、ティラノサウルスとおなじように二本足で歩くんだ。」

「そっか。たしかに鳥は二本足だ！」

「ねっ。鳥は恐竜《きょうりゅう》から進化したんだ！」

コウダイは、ヒロトのことばにひきこまれた。

つぎからつぎへ、おどろきの連続《れんぞく》だった。

すごい。

すごすぎる！

あこがれの恐竜《きょうりゅう》の子孫《しそん》が、どこにでもいる鳥につながっている。

そう思って、ハトやスズメと、恐竜《きょうりゅう》をかさねてみる。

ちっぽけで、ありきたりの鳥が恐竜《きょうりゅう》の子孫《しそん》……。

じっさいに想像《そうぞう》すると、がっかりな気がしないでもない。

ハトやスズメに罪《つみ》はないけれど、恐竜《きょうりゅう》とはいっしょにしたくない。それはちょっとむりだ。

でも、コウダイがあれこれ考える間もなく、ヒロトがさきをつづけた。いつもの小さい声とはちがう、自信《じしん》いっぱいの早口で。

「ウネンラギアって知ってる？　ウネンラギアは、日本語で『はんぶんは鳥』って意味でね。ティラノとおなじ、獣脚類《じゅうきゃくるい》の恐竜《きょうりゅう》なんだ。」

「え？　獣脚類《じゅうきゃくるい》？……」

いいかけたところで、コウダイは、はっとした。

じゅうきゃくるいが、ちゅうがくせいという、とんちんかんなまちがい。きのうのおかあさんとの会話。

しまった！

話が楽しくてわすれていた。

ヒロトをさそう約束《やくそく》だ。

「あのさ……。」

「え？　なに？」

大きくいきをすって、いっきにはきだすようにいった。

「あのさ、こんど、うちに遊びに来ない？」

「え？　遊びにって。コウダイくんのうちに？」

「そう。おり紙で恐竜《きょうりゅう》つくったりさ。いろんな話もしたいしさ。ねえ、どう？　遊びに来なよ。」

「うーん。行ってもいいの？」

「もちろん。こんどの日曜とか。ねっ！」

「うん。行く。行くよ！」

小さくわらって、ヒロトがこたえた。

コウダイはさいこうにうれしかった。

これだ。

これがタイミングだ！

雨があがって、太陽が顔を出すような感じ。

ふたりは、ばつぐんのタイミングで、約束《やくそく》をかわした。

コウダイの家で

日曜日。学校の近くの公園で、コウダイはヒロトと待ちあわせをした。

昼ごはんを食べて、午後一時ちょうど。コウダイが着くよりはやく、ヒロトは公園にいた。

ヒロトは、じぶんの体よりもずいぶん大きいサイズのリュックサックを背《せ》おって、細い棒《ぼう》きれみたいにつっ立っていた。

コウダイは、いそいで走りよって、声をかけた。

「おっす！」

ヒロトは、なにもいわずに、にこっとわらった。

学校のそとで会うのは、はじめてだったから、ちょっとてれくさかった。
でも、ふたりで歩きながらしゃべっているうちに、すぐにいつものようになじんだ。
家に着くと、おかあさんがげんかんで出むかえた。
「こんにちは、ヒロトくん。コウダイから、いろいろ聞いてるんだから。」
いきなり、おかあさんがヒロトに話しかけた。
コウダイは、あわててふたりのあいだに入った。
「おかあさん、もういいからさ。

むこう行ってよ。」

「コウダイ、なにいってるの。おかあさんが、さそってみたらって、いったんでしょ。」

たしかに、そのとおりだけれど、おかあさんのペースにまきこまれたら、たまらない。

「そうだけどさ、ヒロトの友だちは、おれなんだから。おかあさんは関係《かんけい》ないでしょうが。」

コウダイは階段《かいだん》をかけあがって手まねきをした。

「ヒロト、はやくはやく。こっちこっち。」

ヒロトが追いつくのを待って、部屋のドアをしめた。

「ようこそ！　おれの部屋に。」

「あっ、コウダイくん、これは？」

さっそくヒロトが、つくえの上の恐竜《きょうりゅう》のフィギュアに気づいた。

「いいでしょ。スピノサウルス！」

「ティラノとおなじ獣脚類《じゅうきゃくるい》。でも、大きさはティラノ以上《いじょう》。魚のひれみたいなのがついた背中《せなか》が特《とく》ちょうだね。」

「さすがはヒロト、くわしいね。あのさ、ちょっと気になってるんだけど、スピノサウルスって肉食のくせに、ほかの恐《きょう》竜《りゅう》をおそったりしないって、ほんと？」

「うん。おもに魚を食べてたみたいだよ。」

ヒロトのこたえをきいて、ちょっとがっかりした。

「やっぱりそうなんだ。見ためはかっこいいけど、魚をねらってるところが、いまいちだなあ。」

「うん。わかるわかる、その気持ち！」

「ほんと？　ヒロトもそう思う？」

「頭の形がワニにてるでしょ？　ワニのなかでも、とくにガビアルの口ににてるんだよね。で、ガビアルもやっぱり、おもに魚を食べてるってわけ。」

「ガビアル？」

「そう。爬虫類《はちゅうるい》ワニ目《もく》ガビアル。」

ヒロトの解説《かいせつ》をきいて、コウダイは気

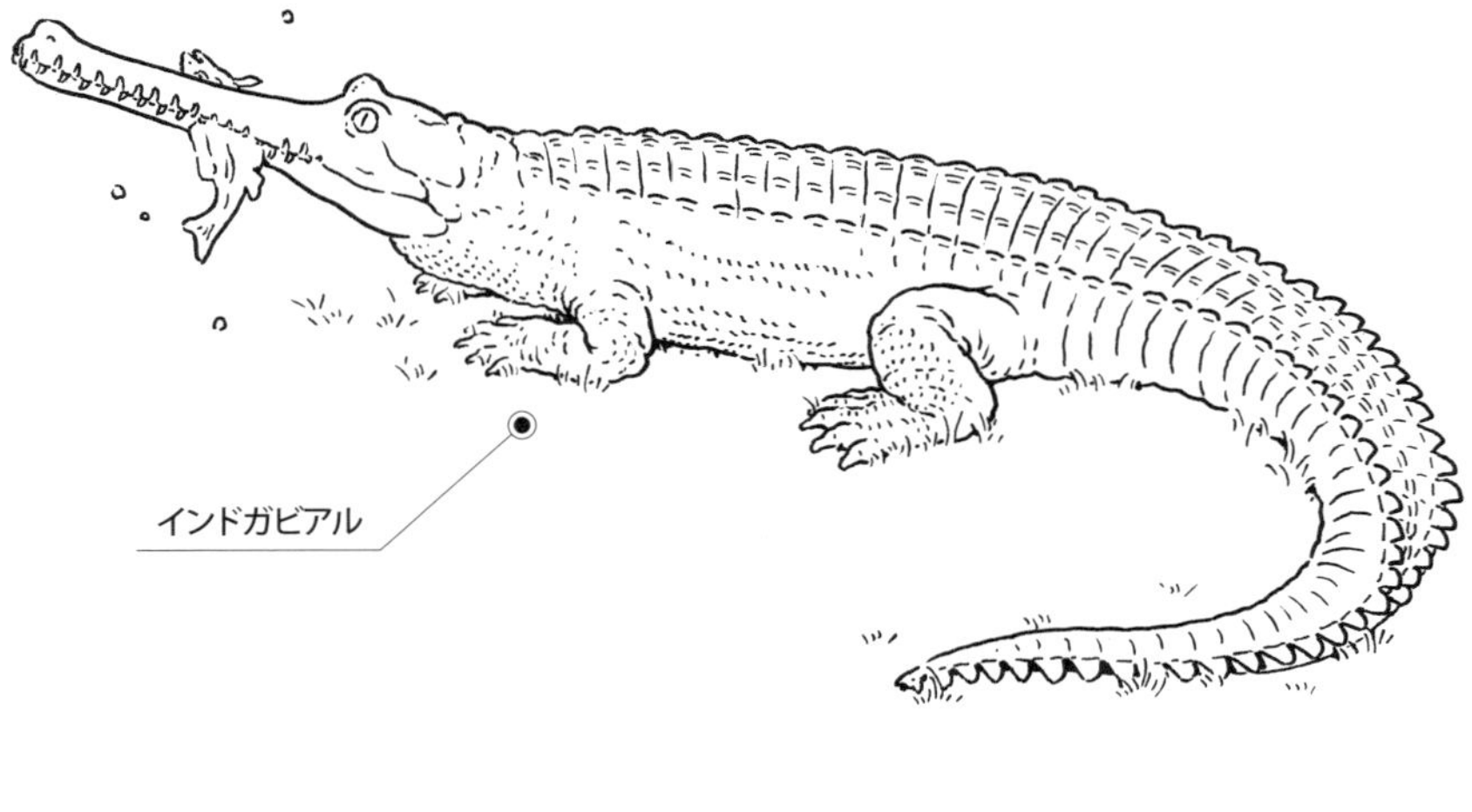

になっていた恐竜《きょうりゅう》の分類《ぶんるい》を思いだした。

「あのさ、恐竜《きょうりゅう》は爬虫類《はちゅうるい》のなかまなんでしょ。それじゃあ、ティラノサウルスとかスピノサウルスの、獣脚類《じゅうきゃくるい》ってなんなの？

爬虫類《はちゅうるい》と獣脚類《じゅうきゃくるい》って、どこがどうちがうの？」

「爬虫類《はちゅうるい》って大きなグループのなかに、獣脚類《じゅうきゃくるい》があるんだよ。

つまり爬虫類《はちゅうるい》には、恐竜《きょうりゅう》の獣脚類《じゅうきゃくるい》、そのほかにもワニやトカゲ、いくつかの小さなグループがあるってこと。」

コウダイは、図書室での話を思いだした。

その獣脚類《じゅうきゃくるい》から進化したのが、大空をはばたく鳥だという。

ということは、鳥は爬虫類《はちゅうるい》とおなじグループに入るのだろうか。

「それじゃあさ、ひょっとして、鳥って爬虫類《はちゅうるい》なの？」

「そうじゃなくてね。たしかに鳥の祖先《そせん》は爬虫類《はちゅうるい》なんだけど、進化して飛《と》べるようになった結果《けっか》、鳥類《ちょうるい》っていう別《べつ》のグループになったんだ。」

「うーん……。」

「哺乳類《ほにゅうるい》だって、もともとは爬虫類《はちゅうるい》から進化したグループだよ。」

コウダイはおどろいた。

じぶんの手を目のまえに持ってきて、まじまじと見た。

ひょっとすると、うろこでもあるのではないか。

するどいつめがあるのではないか。

もちろん、そんなことはありえない。

コウダイの気持ちを見すかしたように、ゆっくり、ていねいに、ヒロトが話をつづけた。

「聞いたことない？　地球上のすべての生きものは、何億《おく》年も何十億《おく》年もまえ。目に見えないような、小さい小さい生命からはじまったって。爬《は》虫《ちゅう》類《るい》も哺《ほ》乳《にゅう》類《るい》も、昆虫《こんちゅう》や魚だって、はるか昔の祖《そ》先《せん》をさかのぼれば、たどりつくところはいっしょなんだ。」

まるで先生のように、ヒロトはそういうと、とつぜん目を見ひらいてふりかえった。

「そうだ。わすれてた！　あれ持ってきてたんだ。」

ヒロトは、待ちあわせのときから背《せ》おったままのリュックサックをおろして、いきおいよくチャックを開いた。

進化の図

ヒロトがリュックサックからとりだした本。

コウダイはすぐに思いだした。

「それ、このあいだ図書室で読んでたやつだね。」

「うん。借《か》りてきたんだ。」

そういいながら、ヒロトはすばやくページをめくった。

「ここ、ここ。このページを見てよ。」

開かれたページには、恐竜《きょうりゅう》や鳥がえだわかれした図がのっていた。

その図のなかでは、哺乳類《ほにゅうるい》をさかのぼれば爬虫類《はちゅうるい》にたどりつき、鳥類《ちょうるい》をさかのぼれば、爬虫類《はちゅうるい》のグループの獣脚類《じゅうきゃくるい》にたどりついた。

でも、恐竜《きょうりゅう》のさきに待っているのは、赤く書かれた「絶滅《ぜつめつ》」というかなしい二文字。

恐竜《きょうりゅう》から進化したのが鳥とはいっても、あこがれの恐竜《きょうりゅう》そのものは、いまの地球には存在《そんざい》しないことをしめしていた。

コウダイは、図から顔をあげると、ふとつぶやいた。

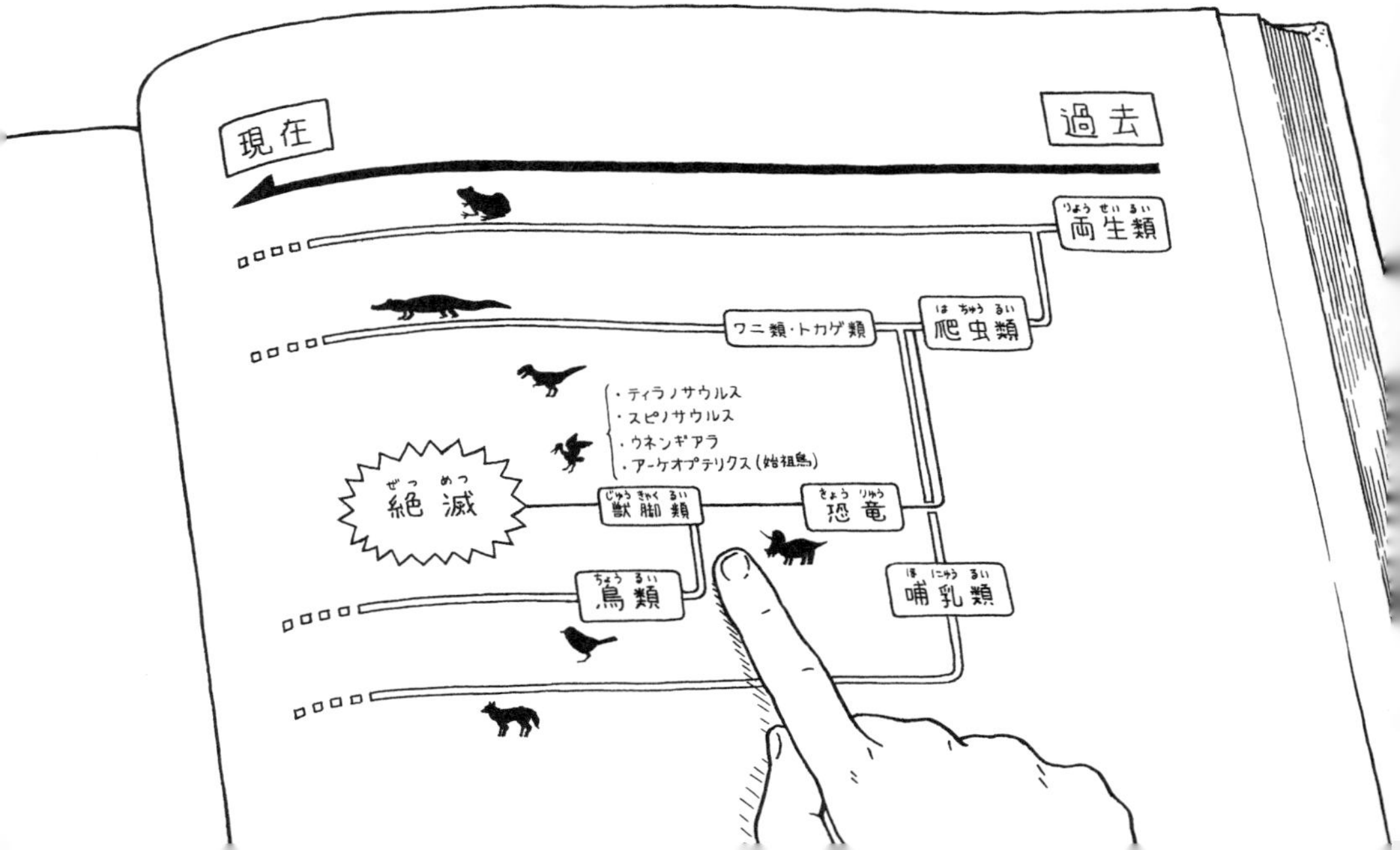

「なんで恐竜《きょうりゅう》は、絶滅《ぜつめつ》しちゃったんだろう。」

ヒロトがその問いにこたえた。

「巨大《きょだい》な、いん石がおちたのがきっかけっていわれてるけど、ほんとうのことは、だれにもわからないよね。」

「いん石かあ……。」

「でもさ、わからないことだから、いろんなこと想像《そうぞう》してわくわくするんじゃないかな。」

「え？　想像《そうぞう》？」

「だって、じっさいにティラノサウルスを見た人はいないんだから、化石から想像《そうぞう》するしかないでしょ。ティラノサウルスの絵はたくさんあるけど、ほんとうは何色だったか、どんな模様《もよう》だったか、だれにもわからない。でも、だからこそ、だれもが夢中《むちゅう》になるんだ。」

「そっか。ティラノサウルスの色や模様《もよう》に、正解《せいかい》はないのか。」

「まあね。だから、ぼくのティラノは……。」

ヒロトは、そういうとリュックサックから木箱をとりだした。ふたを開けると、たくさんのおり紙。教室で見せてもらった恐竜《きょうりゅう》たちがでてきた。

そのなかでも、いちだんとめだっているのは、真っ赤なティラノサウルスだ。

「赤のティラノ！　かっこいいね。」

「でしょ。ただし、骨格《こっかく》からして、二本足で歩いていたのはまちがいないから、やっぱり、しっぽでささえるのはへんだよね。」

「ねえ、ヒロト、しっぽでささえなくても立つように、ふたりでおり紙のティラノを完成《かんせい》させようよ。」

「うん。いいね！」

コウダイとヒロト。ふたりのティラノサウルスづくりが、さっそくはじまった。

ふたりのカミサウルス

コウダイの部屋でヒロトとふたり。おり紙をひろげて、めざすは二本足で立つティラノサウルス。

獣脚類《じゅうきゃくるい》の特《とく》ちょうの二足歩行は、ふたりで協力《きょうりょく》して考えることにより、思ったよりはやく解決《かいけつ》した。

重要《じゅうよう》なポイントは、ティラノサウルスのしっぽを地面と平行にすること。

地面からしっぽをはなすために、上向きにしっぽをおりまげると、かえってバランスをくずす原因《げんいん》になる。

コウダイとヒロトは、四枚《まい》目のおり紙でそのことに気づき、すこしずつ修正《しゅうせい》しながら、七枚《まい》目で、とうとう二本足のティラノサウルスを完成《かんせい》させた。

頭から、しっぽのさきまで、できるだけまっすぐのばして、地面と平行に。その中央に足を配置《はいち》することで、体全体のバランスをとる。

その結果《けっか》、二本足で立つという目的《もくてき》だけでなく、ティラノサウルスの力強い動きまで再現《さいげん》されたようで、ふたりはこうふんした。

「このティラノ、ほんと、かっこいいよ！　ヒロトに、最初《さいしょ》に見せてもらったのもかっこよかったけど、それよりずっとティラノっぽいよ。」

「そうだね。ひとりでつくってるときは、何度やってもうまく

いかなかったのに、コウダイくんといっしょにやったら、かんたんにできちゃった。」

「ほんと？　それじゃあ、おれも役にたった？」

「もちろん。ほかにも新しい恐竜《きょうりゅう》に挑戦《ちょうせん》したいね。」

「そうだ！　いいこと考えた。このおり紙の恐竜《きょうりゅう》さ、カミサウルスって名まえにしようよ。紙でつくった恐竜《きょうりゅう》。カミサウルス！」

「うん。いいね！　カミサウルス、かっこいいよ！」

ふたりは顔を見あわせて、目をかがやかせた。

カミサウルスの世界がはてしなくひろがっている。

「じゃあ、ヒロト、ティラノのつぎにつくりたいカミサウルスは？」

「そうだなあ……。」

まずは、つくりたい恐竜《きょうりゅう》のリストアップからはじめた。

ふたりが好《す》きな肉食恐竜《きょうりゅう》にかぎらず、体型《たいけい》に特《とく》ちょうがある草食恐竜《きょうりゅう》たち。


スピノサウルス。

トリケラトプス。

アンキロサウルス。

ステゴサウルス。


そして、ヒロトがずっと気になっているという、舌《した》をかみそうな名まえの恐竜《きょうりゅう》。

「……え？　なに？」

「アーケオプテリクス。始祖鳥《しそちょう》だよ。」

「始祖鳥《しそちょう》？　えーと、たしか大昔の鳥だっけ？」

「ちょっとまえまでは、鳥の一種《いっしゅ》と考えられてたんだけど、いろんな研究の結果《けっか》、恐竜《きょうりゅう》の一種《いっしゅ》に分類《ぶんるい》されたんだって。」

「鳥は恐竜《きょうりゅう》から進化したんだもんね。」

「アーケオプテリクスは、鳥とおなじ羽がはえている羽毛恐《きょう》竜《りゅう》っていうんだ。いま地球に存在《そんざい》する生きもののなかで、羽があるのは鳥類《ちょうるい》だけだからね。羽がはえた恐竜《きょうりゅう》は、鳥と恐竜《きょうりゅう》の分かれめだった可能性《かのうせい》があるんだ。」

あいかわらずヒロトのことばはむずかしいけれど、いっていることはなんとなくわかる。

「それじゃあ、アーケオなんとかは、いま生きている鳥と絶滅《ぜつめつ》した恐竜《きょうりゅう》の分かれめってこと？」

「それがちがうんだ。ねえ、もう一度、この図を見て。」

ヒロトは、図書室から借《か》りてきた『恐竜《きょうりゅう》大研究』を開いた。

「コウダイくん、ここ、よく見て。アーケオプテリクス、つまり始祖《しそ》鳥《ちょう》は、獣脚類《じゅうきゃくるい》と鳥類《ちょうるい》が分かれたあとに出現《しゅつげん》してるでしょ。」

「ほんとだ。」

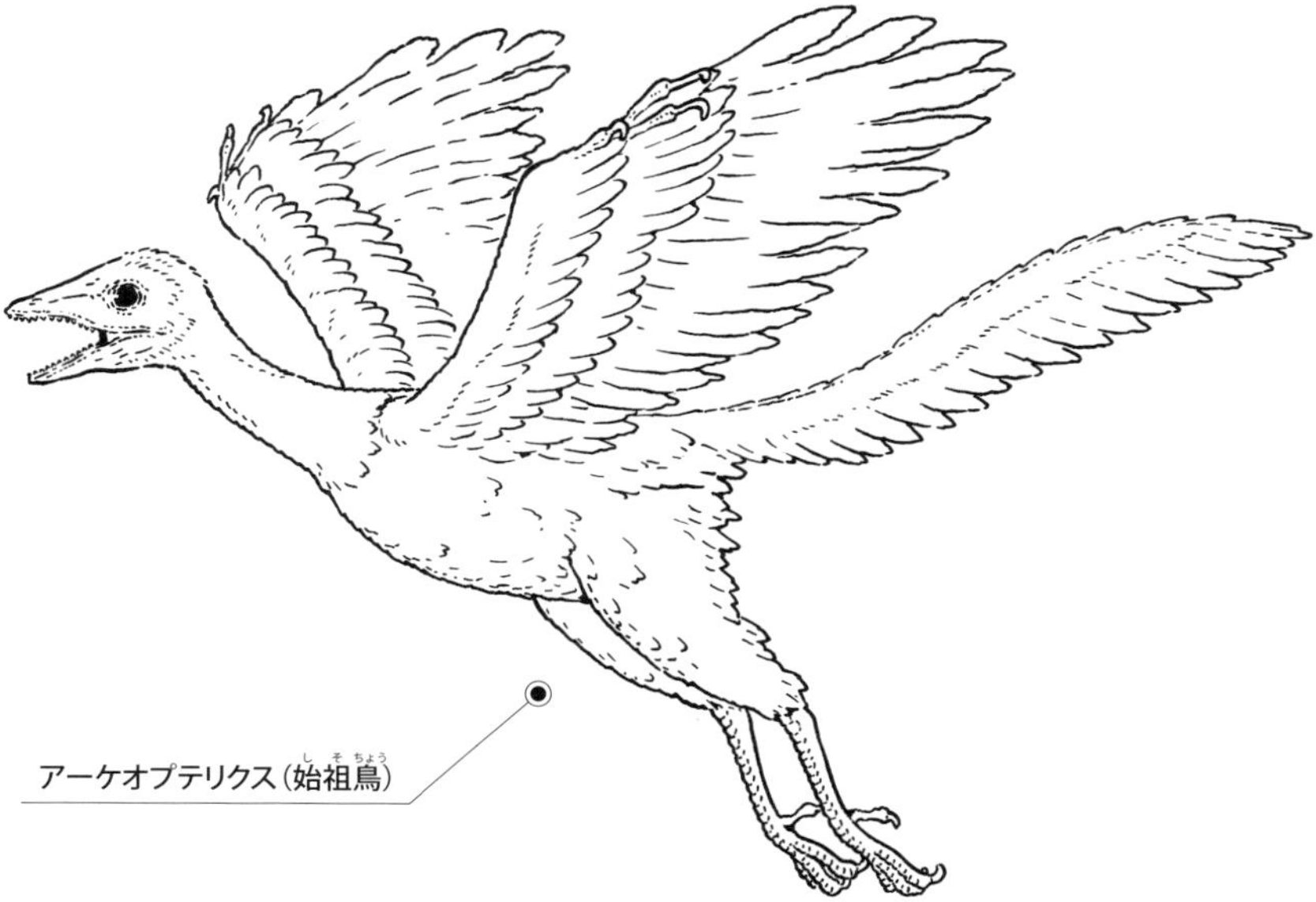

アーケオプテリクス（始祖鳥《しそちょう》）

「アーケオプテリクスよりまえの時代に、獣脚類《じゅうきゃくるい》と鳥類《ちょうるい》は分かれていた。その分かれめをミッシングリンクっていうんだ。」

「ミッシングリンク？」

「そう。恐竜《きょうりゅう》と鳥の分かれめとなる、かつて存在《そんざい》したはずのまぼろしの恐竜《きょうりゅう》。でも、その化石は、だれにも発見されてないんだ。ぼくね、将来《しょうらい》は恐竜《きょうりゅう》の研究をして、ミッシングリンクを発見したいんだ！」

コウダイは、おどろいた。

まったく予想しなかった、ヒロトの将来《しょうらい》を意識《いしき》したことばにだ。

おとなになったら、なにになりたいか。

もちろん、コウダイだって、何度も考えたことがある。

でも、ヒロトのように具体的《ぐたいてき》にしっかり考えたことは、まったくなかった。

ヒロトは、コウダイとおなじ年だというのに、いろいろなことを考えている。話しているだけで学ぶことが多いし、なにより楽しい。

それでは、ヒロトにとってのコウダイは、どうだろうか。ヒロトに対して、いったいなにができるのか。

そう思ったところで、コウダイはひらめいた。

「ねえ、ヒロト、そのミッシングリンクをさ、カミサウルスでつくるっていうのはどうかな。」

「カミサウルスで？　でも、発見されてないんだよ。」

「だってヒロトがいったんだよ。わからないこと、想像《そうぞう》するからわくわくするって。」

「あっ……。」

「でしょ？」

ふたりは目を見あわせてわらった。

「つくろう！　鳥と恐竜《きょうりゅう》のミッシングリンクをカミサウルスで。」

「オッケー、ヒロト！　そうこなくっちゃ。まずは、なにからとりかかる？」

「うーん。そうだなあ。はじめはやっぱり、よく観察《かんさつ》することかな。」

「ミッシングリンクの観察《かんさつ》？　発見されていないのに？」

「想像《そうぞう》するにしても手がかりが必要《ひつよう》だよ。わすれちゃったの？　恐竜《きょうりゅう》の子孫《しそん》なら、身のまわりにいっぱいいるんだよ。」

「そっか！　鳥だね。」

「うん！」

コウダイは、ヒロトといっしょに部屋を飛《と》びだした。

初夏《しょか》の日ざしのなか、光りかがやく、そとの世界へ。

ミッシングリンクの手がかり

ふたりは、ミッシングリンクのカミサウルスをつくるため、公園にいる鳥を観察《かんさつ》した。

でも、コウダイはすぐに気がついた。

もやもやっとした、じぶんの気持ち。

鳥は恐竜《きょうりゅう》から進化したのだから、その分かれめのミッシングリンクの手がかりにするのはただしい。

わかっていても、頭のなかでは、恐竜《きょうりゅう》と鳥が、どうしてもむすびつかないのだ。目のまえにいるハトやスズメが、恐竜《きょうりゅう》の子孫《しそん》とは、とても思えない。

「あのさ、やっぱりちょっと、ひっかかるんだよなあ。鳥を見てても、恐竜《きょうりゅう》の子孫《しそん》とは思えないんだよね。」

「うん。たしかに、しっくりこないかな。ハトもスズメも、体がぽっちゃりして、獣脚類《じゅうきゃくるい》のもつシャープなイメージとはだいぶちがうからね。」

「やっぱりヒロトもそう思うんだ。だってさ、世界一大きいダチョウだって恐竜《きょうりゅう》とはむすびつかないよ。長くてくねくねした首は、どう考えても恐竜《きょうりゅう》とはちがうって。」

「うーん。ダチョウによくにた羽毛恐竜《きょうりゅう》もいるんだけど、ティラノから想像《そうぞう》する獣脚類《じゅうきゃくるい》のイメージとは、やっぱりちょっとちがうかな。」

「だってさ、ダチョウって、走るときに首がひょこひょこするでしょ。動きが恐竜《きょうりゅう》っぽくないんだよ。」

なにげなくいったコウダイのひとことに、ヒロトがすばやく反応《はんのう》した。

「そうか、それだよ！　ダチョウって、胴体《どうたい》と首が直角の方向についてるでしょ。でも、ティラノのカミサウルスをつくったとき、頭からしっぽのさきまで、まっすぐになるようにしたはずだよ。」

「たしかに！　ハトもスズメも、胴体《どうたい》の上に、ちょこんって頭がのっかってる感じだから、それでしっくりこないんだ。」

「うん。そうだよ、きっと。」

「ということは、頭からしっぽまで、まっすぐの鳥をさがせばいいんだ。」

コウダイは、あたりを注意ぶかく見まわした。

ハトやスズメとはちがう、頭からしっぽまで、まっすぐの鳥。

カラスもちがう。ヒヨドリもしっくりこない。

どこにいるのだろうか。

そんな鳥がいるのだろうか。

ミッシングリンクの手がかりになるような鳥が、こんなみぢかなところに、ほんとうにすんでいるのか。

コウダイには、そのすがたがどうしても想像《そうぞう》できなくて、ため息が出た。

頭からしっぽのさきまでまっすぐという、すばらしい手がかりを見つけたつもりでいたのに。

ついさっきまで、あんなにたかぶっていた気持ちが、スーパーでもらった風船の次の日のすがたみたいに、すっかりしぼんでいた。

そんな鳥など、いるわけがない。

長つづきしないじぶんの気持ちがいやになった。

やる気がだんだんなくなって、公園のベンチにどさっとすわった。

それにくらべて、ヒロトのやる気は、まだまだじゅうぶんなようで、あたりを見回して、歩いたりしゃがんだりをくりかえしていた。

でも、そうかといって、ヒロトは鳥だけをしんけんにさがしているようでもなく、マイペースにうろうろしながら昆虫《こんちゅう》や植物の観察《かんさつ》をしている。

コウダイは、また出そうになったため息をのみこんで、足もとに目をやった。

「あっ」

ベンチのわきの雑草《ざっそう》から、トカゲが顔をのぞかせていた。

その瞬間《しゅんかん》、コウダイの頭にひきしまった体の獣脚類《じゅうきゃくるい》がうかんだ。

これだ！

トカゲと恐竜《きょうりゅう》。

鳥よりもトカゲのほうが、はるかに恐竜《きょうりゅう》ににている。

爬《は》虫類《ちゅうるい》である恐竜《きょうりゅう》から進化したのが鳥だというが、おなじ爬《は》虫類《ちゅうるい》のトカゲのほうが、恐竜《きょうりゅう》ににているのはあたりまえだろう。

コウダイは、トカゲに逃《に》げられないように、そっとしずかにヒロトを手まねきした。

ヒロトが気づいたのを確認《かくにん》して、小さい声でいった。

「ト・カ・ゲ。」

ヒロトも、ざっ草から顔を出した存在《そんざい》に気がついたようで、しのび足で近づいてきた。

「あっ。」

トカゲがすばやくしげみに消えた。

「コウダイくん。ごめん。逃《に》げちゃったね。」

「いいよ、いいよ。それより、思うんだけどさ。やっぱり、鳥よりトカゲのほうが恐竜《きょうりゅう》っぽいよね。」

すると、ヒロトがちょっとわらっていった。

「あれね、カナヘビっていうんだよ。」

「え？　ヘビ？　トカゲでしょ？」

コウダイはおどろいてヒロトの顔を見た。

ヒロトは、恐竜《きょうりゅう》や生きものについて、ものすごくくわしい。見ためはトカゲ一〇〇パーセントのくせに、なぜだか、カナヘビという名まえ。

いったいどういうことだろうか。

コウダイは、わくわくしながら待った。

生きもののことになると、ヒロトは人がかわったように早口で話しだす。

それをきいているのが、コウダイはさいこうに楽しかったから。

カナヘビ

コウダイの足もとに顔を出した小さなトカゲ。

見ためはトカゲそのものでありながら、名まえはカナヘビだとヒロトはいう。

コウダイの疑問《ぎもん》にヒロトは早口でこたえた。

「カナヘビって名まえだけど、見ためのとおりトカゲのなかまなんだ。体が細長くて、くねくねしてるから。それで名まえに、ヘビってつくんだろうね。」

「それじゃあ、カナヘビのカナは？」

「それには、いくつか説《せつ》があるんだけど、ぼくは『かわいいへビ』が変化《へんか》してカナヘビになったんだと思う。」

「かわいいヘビ。かないいヘビ。カナヘビ？それって、『じゅうきゃくるい』が『ちゅうがくせい』ぐらいむりがない？」

コウダイは、おもわずわらってしまった。

つられてヒロトもわらいながらいった。

「うん。たしかにむりやり感があるかな。でもね、カナヘビのカナは、金属《きんぞく》のカナともいわれてるけど、ぼくはちがうと思うんだ。」

「金属《きんぞく》ってピカピカ光る？」

「うん。どうみても光っては見えないでしょ。それにさ、カナヘビとおなじくよく見かけるニホントカゲは、子どものころ、ほんとうに金属《きんぞく》みたいにテカテカしてるから、もしも名まえにカナがつくなら、ニホントカゲについてたと思うんだ。」

「なるほどね。『かわいい』が『かないい』は、むりやりっぽいけど、そう考えると、意外に正解《せいかい》かもね。」

「でしょ。」

それから、ヒロトはカナヘビがいたあたりを見ながらコウダイにいった。

「ぼくね、カナヘビがすっごく好《す》きなんだ。手のひらにのるぐらい小さいけど、見ためは恐竜《きょうりゅう》っぽくてかっこいいでしょ。」

「やっぱりヒロトもそう思うんだ。恐竜《きょうりゅう》から進化したのが鳥だとしても、かっこよさは、それとはべつだよな。」

「あのね、うちの近所の神社に、カナヘビがいっぱいいるところがあるんだ。」

コウダイは、まいとし楽しみにしている夏祭りの神社を思いだした。真っ赤な鳥居《とりい》をくぐって、参道《さんどう》に屋台がならぶ神社だ。

「神社って、夏祭りの？」

「うん。鳥居《とりい》があって、そのさきの階段《かいだん》をのぼっていくと神社があるところ。だけど、カナヘビをつかまえるときは階段《かいだん》をあがっちゃいけないんだ。」

「どうして？」

「階段《かいだん》をあがったところは、なぜかニホントカゲばっかりなんだよね。でも、階段《かいだん》の下の日あたりがいいところには、カナヘビがいるんだ。うちで飼《か》ってるのもそこでつかまえたんだよ。」

「じぶんでつかまえたの？」

「もちろん。コウダイくんもつかまえたらいいよ。きょうみたいに天気がいい日は、神社の階段《かいだん》の下でひなたぼっこしてるから。」

「ひなたぼっこ？」

「うん。人間だって、天気がよければそとで遊びたくなるでしょ。」

「え？　そとで？」

コウダイは、ちょっとひっかかった。

学校では、ヒロトはいつも教室にとじこもって、ひとりでいる。教室を出たとしても行きさきは図書室だ。

それで、そとで遊ぶことがおおいコウダイは、カミサウルスがきっかけになるまで、話したことがなかったのだ。

コウダイは気になって聞いてみた。

「でも、ヒロトって、だいたい教室にいるよね。なんでみんなとそとで遊ばないの？」

「え？　うーん。それは……」

そういったきり、ヒロトはだまってしまった。

あらわれた鳥

コウダイが、うっかりいってしまったひとことがきっかけで、ふたりのあいだにちんもくがつづいた。

気まずい空気のなかで、コウダイは考えた。

ヒロトは、そとで遊ぶのがきらいなわけではないだろう。そとがきらいなら、ひなたぼっこをしているカナヘビをつかまえたりはしない。

カナヘビをつかまえたり、図書室で本を読んでいたり、ただたんに、ひとりでいるのが好《す》きなだけかもしれない。

コウダイは、ことばを選《えら》びながら、できるだけふだんとおなじロ調を意識《いしき》していった。

「あのさ、ヒロトは、ひとりでも楽しめるタイプなんだよね。だって、カナヘビ、ひとりでつかまえたんでしょ。おれもつかまえたいんだけど、どうやるの？」

「え？」

ヒロトが、すこし顔をあげた。

コウダイは、笑顔《えがお》をとりつくろっていった。

「ねっ、教えてよ。」

「そっとね……。」

「そっと？」

「そっとしずかに近づいて、すばやく手でつかまえるんだよ。手のひらをふくらませて、おしつぶさないように気をつけて。」

「あのさ、こんど、ヒロトが飼《か》ってるカナヘビ、見にいってもいいかな？」

「え？　いいけど……。」

「ヒロトのうち、神社の近くなんだよね……。」

そういいかけたときだった。

「あっ！」

コウダイの視界《しかい》をなにかが横ぎった。

白黒の小さな鳥が、右がわから、ちょこちょこっとあらわれた。

スズメよりひとまわり大きくて、長めのしっぽにスリムな体の鳥が、えさでもさがしているのか、地面をすばやく動きまわっていた。

「セグロセキレイ。」

ヒロトがぼそっとつぶやいた。

「せぐろ？」

コウダイは聞きかえした。

「セグロセキレイ。背中《せなか》が黒いセキレイだよ。」

「へえー、ヒロトは鳥もくわしいなあ。」

感心しているコウダイをよそに、急にしんけんな顔をして、ヒロトがいった。

「セキレイって頭からしっぽまでまっすぐで、すらっとひきしまった体がそれっぽくない？」

「それっぽいって？」

「恐竜《きょうりゅう》と鳥の進化の分かれめ。」

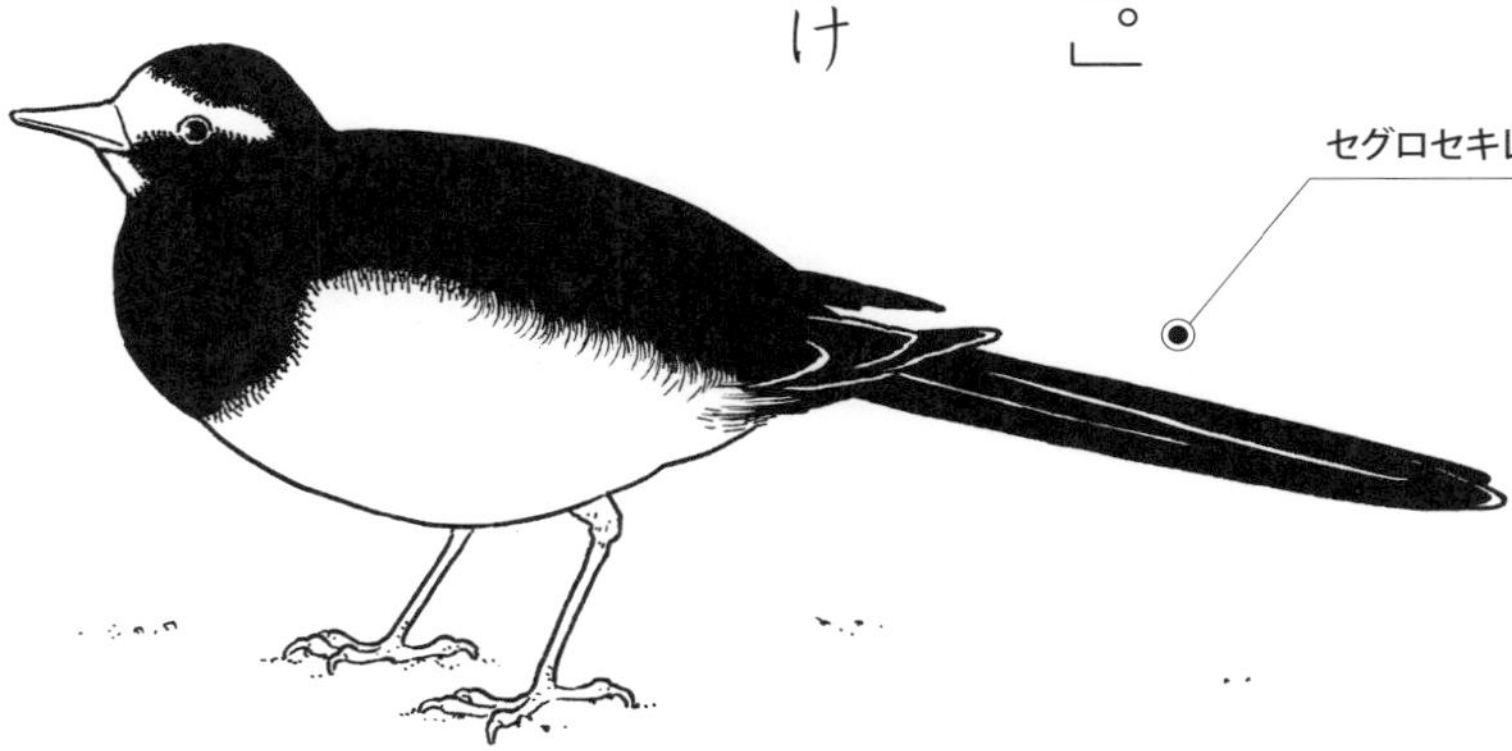

「あっ、ミッシングリンク！」

「うん！　小さすぎて恐竜《きょうりゅう》とはむすびつきにくいけど、ミッシングリンクのイメージにぴったりじゃない？　くちばしを大きくして、するどい歯をつけて、ついでに足をたくましくしたら、獣脚類《じゅうきゃくるい》のミニチュア版《ばん》だよ。」

ヒロトの口からことばが飛《と》びだした。

さっきまでの気まずい空気がうそのように、コウダイの気持ちはいっきにたかぶった。

恐竜《きょうりゅう》と鳥をむすぶミッシングリンク。

だれも知らないその存在《そんざい》をカミサウルスで再現《さいげん》する。

その日、ふたりは約束《やくそく》をした。

まずは、じぶんなりにミッシングリンクのカミサウルスをつくって、おたがいに見せあうこと。
それぞれのいいところをいかして、ふたりのカミサウルスを完成《かんせい》させること。
共通《きょうつう》のイメージは白黒の小さい鳥、セグロセキレイだ。
はるか昔、恐竜《きょうりゅう》を祖先《そせん》にもつ鳥が、コウダイとヒロトをときめかせた。

理科の授業《じゅぎょう》

次の日。コウダイは学校にむかいながら考えていた。

きのうのできごと、公園でのひとことがひっかかっていた。

「ヒロトって、なんでみんなとそとで遊ばないの？」

ついいってしまった、よけいなひとこと。

悪気はまったくなかった。

でも、ふりかえって思うと、よくなかった。

ヒロトが、あきらかにこまった顔になっているのがわかったし、すぐにあやまるべきだった。

そのあと、カナヘビのつかまえかたや、とつぜんあらわれたセグロセキレイの話でもりあがって、うやむやにしてしまったのもよくなかった。
ヒロトは気にしていないかもしれない。
そうだとしても、このままではいけない。
ヒロトに、きのうのことをあやまろう。

でも、そう思いながら、いいだせなかった。

一時間目、二時間目とすぎて、休み時間にも話しかけられず、タイミングを見つけられないままむかえた三時間目。

理科の授業《じゅぎょう》でのできごとだった。

授業《じゅぎょう》の内容《ないよう》は「みぢかな生きもの」で、先生が春から夏に見られる生きものについて話していた。

「質問《しつもん》です。カナヘビという生きものがいます。だれか知ってる人はいますか？」

先生の問いかけに、コウダイは、はっとした。

コウダイとヒロトのあいだにおきたこと。

カナヘビ。きのうから、ずっと気になっていることのきっかけだったから。

コウダイがヒロトに目をやったのとどうじに、後ろのほうで、だれかがさけんだ。
「それって、ヘビでしょ？」
もちろん、カナヘビはヘビではない。
きのう、ヒロトに聞いたばかりだ。
コウダイは、そわそわしながら、クラス全体を見わたした。
だれかにこたえられるまえに、ヒロトにこたえてほしい。
きのう、笑顔《えがお》で話してくれたように、クラスのみんなにつたえてほしい。
でも、ヒロトは教科書を見つめたまま、だまって下をむいている。
じわじわと、いやな気持ちがこみあげてきた。

ヒロトがこたえないことに、コウダイはだんだんいらだった。

だれからもこたえがでないまま、先生が説明《せつめい》をはじめた。

「カナヘビは、トカゲのなかまです。ちゃんと足もあるんだけど、体が細くてヘビみたいだから、そうよばれるようになったそうです。」

後ろのほうで、また、だれかがいった。

「じゃあ、カナヘビのカナは？」

コウダイは、はっとした。

きのうとおなじ展開《てんかい》に、どきどきしながらヒロトのようすをうかがった。

ヒロト、こたえろ。

こたえるんだ！

でも、ヒロトは身動きひとつしないで、だまっている。

先生が説明《せつめい》をつづけた。

「カナヘビのカナは、金属《きんぞく》のカナです。体がつやつやして、カナモノみたいだから。」

先生のにこやかな顔に、コウダイはいらだちは限界《げんかい》だった。

ちがう！

それはちがう！

このままヒロトがだまっているなら、じぶんがこたえるしかない。

コウダイはいきおいよく席《せき》をたって、声をあげた。

「先生、ちがいます！　カナヘビのカナは、かわいいってことばが変化《へんか》したんです。」

「え？　コウダイくん、どういう意味？」

先生がおどろいた顔でいった。

たかぶる気持ちをおさえて、コウダイはことばをつづけた。

「金属《きんぞく》みたいなつやつやなら、カナヘビより、ニホントカゲのほうがあってます。だから、金属《きんぞく》のカナがもとなら、ニホントカゲについたはずです。カナヘビのカナは、かわいいのカナ。かわいいヘビ、かないいヘビ、カナヘビになったんです。」

「コウダイくん、それ、ほんとなの？」

「はい。だって、きのう実物を見たし。ヒロトがそういったから。」

先生がヒロトを見た。

クラスのすべての目が、ヒロトひとりにあつまった。

コウダイは、ヒロトをむいていった。

「そうだよね？」

ヒロトは、真っ赤な顔でうつむいていた。

コウダイはいらいらした。

腹《はら》がたってしかたがなかった。

ヒロトは、コウダイが知らないたくさんのことを知っている。

それは、とてもすごいことだ。

でも、いろいろなことを知っていたとしても、じぶんのなかだけにとじこめておいて、だれにもつたえなかったらもったいない。

ヒロトへのもどかしさが爆発《ばくはつ》しそうで、コウダイは思わずつくえをたたいた。

先生が、ふたりをとりつくろうようにいった。

「それじゃあ、カナヘビの意味は、先生がちゃんと調べてくるから。授業《じゅぎょう》をすすめましょう。」

そのまま、けっきょくヒロトは、ひとこともしゃべらなかった。

なにも解決《かいけつ》しないまま、理科の時間が終わった。

先生が、つぎの授業《じゅぎょう》の準備《じゅんび》のため、教室を出た。

それと同時に、コウダイは力強く席《せき》を立った。

ヒロトのもとへかけよって、らんぼうにいった。

「ヒロト！　なんでだまってるんだよ。」

そうつめよっても、ヒロトはやっぱりだまっていた。

「だまってたら、なんにもわからないよ！」

そういいながらも、コウダイはじぶんのことばが、まちがっている気がした。

ついさっきまで、理科の授業《じゅぎょう》がはじまるまでは、ヒロトに公園でのことをあやまろうと思っていた。

それなのに、口から出てくることばは、ひどいことばかりだった。

コウダイはわかっていた。

ヒロトがわるいわけではない。

でも、どうしてもじぶんの気持ちがとめられなかった。

みんなにヒロトのいいところを知ってほしかったから。

ヒロトがだまっていたら、いつまでたってもつたわらないか

ら。

「ヒロトさ、せっかく、いろんなこと知ってるんだから、みんなにいったほうがいいよ。だまってたって意味ないよ。なんでだまってるんだよ！」

口から出てくることばが、頭のなかで思っていることと完全《かんぜん》にすれちがっていた。

ヒロトはわるくない。

ヒロトをせめているコウダイのほうが、おかしいのかもしれない。

コウダイは、じぶんの口から、もっともっとひどいことばが出てきそうで、こわくなった。

公園でうっかりいってしまったひとこともそうだ。

「ヒロトって、なんでみんなとそとで遊ばないの？」

あのとき感じた気まずさの、何倍も、何十倍も重たい空気が、ふたりのあいだにただただよっていた。

コウダイは、歯をくいしばるようにして、ようやくことばをのみこんだ。

でも、すでにおそかった。

なにごともなかったように四時間目の授業《じゅぎょう》がはじまり、教室のなかは、コウダイとヒロトのふたりをのぞいて、いつもとまるでおなじだった。

その日をさかいに、コウダイはヒロトと話さなくなった。

もともと無口《むくち》なヒロトから、話しかけられることもなく、そのままふたりは、口をきかなくなった。

ひとりで

コウダイがヒロトと口をきかなくなってから、何日かすぎた。

そのあいだ、何枚《まい》も何枚《まい》もおり紙をおった。

ふたりでつくろうと約束《やくそく》したミッシングリンクのカミサウルス。

二本足で立つティラノサウルスのカミサウルスを完成《かんせい》させたとき、ヒロトがコウダイにいった。

「コウダイくんといっしょにやったら、かんたんにできちゃった。」

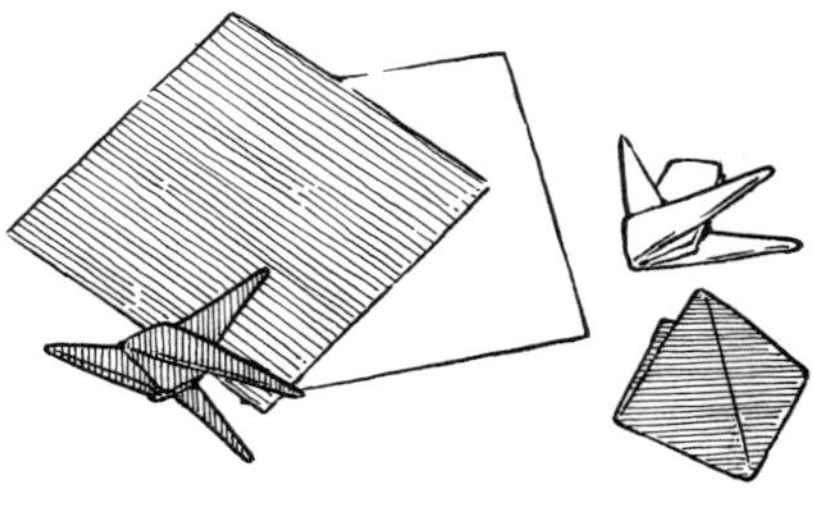

ミッシングリンクのカミサウルスも、ふたりでつくれば、かんたんにできるかもしれない。

それなのに、いまはコウダイひとりでおり紙をおっている。

これを完成《かんせい》させたら、ヒロトとなかなおりできる。

そんなほしょうはどこにもないのに、じぶんでじぶんにいいきかせた。

でも、すぐに思いだしてしまうのだ。

ヒロトにいってしまったことばが、頭のなかでぐるぐる、ぐるぐるまわりだすのだ。

「なんでだまってるんだよ！」

ヒロトは、けっして無口《むくち》なわけではない。

ヒロトの頭のなかにつまった恐竜《きょうりゅう》や生きものの知識《ちしき》が、爆発《ばくはつ》したように口から出てくることがある。

コウダイは、それを聞いているのが楽しかったし、だからこそ、先生やクラスメイトにも、ヒロトの話を聞いてほしかった。

でも、それをむりやりヒロトにもとめるのは、まちがいだったかもしれない。

ヒロトが話したい気分のとき。

コウダイが聞きたい気分のとき。

タイミングさえあっていれば、ふたりの話はどこまでもひろがるはずだ。

じっさいにそのタイミングだって、ほんとうはあったのかもしれないのだ。

それは、きょうの昼休みのことだ。

ふたりで、ミッシングリンクのモデルにきめたセグロセキレイ。

コウダイはもう一度確認《かくにん》したくて、ひとりで図書室にいった。

そのとき、ヒロトがゆかにべったりすわって、いつか図書室で声をかけたときとおなじように、本を読んでいた。

コウダイがはっとして立ちどまると、ヒロトが顔をあげた。

いっしゅん目があったが、コウダイは気持ちとは反対に、そっぽをむいてしまい、声をかけられなかった。

だまって横をとおりすぎて、鳥の図鑑《ずかん》を借《か》りて、逃《に》げるように図書室を出た。

たいせつなタイミングだったのかもしれないあのとき。なにもすることができなかった。

コウダイは部屋にとじこもって、図書室で借《か》りてきた図鑑《ずかん》を開いた。

セグロセキレイの写真を見ながら、おり紙をおった。

ミッシングリンクのカミサウルス。ひとりではどうにもうまくいかない。

なにがたりないのだろうか。

コウダイは、ヒロトといっしょに公園で見たセグロセキレイを思いだした。

目のまえを横ぎったセグロセキレイと、獣脚類《じゅうきゃくるい》のもつ力強い動きを一体化させる。

写真よりも、じっさいに動いているところが見たい。
そうだ。
考えるよりも行動だ！
そう思ったら、いてもたってもいられなかった。
コウダイは部屋を飛《と》びだした。

全力でダッシュ

コウダイは公園にむかった。
ヒロトとセグロセキレイを見た公園だ。
なぜだか走らずにはいられなくて、全力でダッシュした。
公園についたときには、すっかり息がきれて、たおれるようにベンチにすわった。
カナヘビを見たあのベンチだ。
ひょっとしたら。そう思って足もとを見た。
「カナヘビ！」
うそみたいだった。

あのときと、まったくおなじ位置《いち》で、カナヘビが顔をのぞかせていた。

手のひらにのるぐらいの小さい存在《そんざい》なのに、体がしゅっとしまって、ほんとうにかっこいい。

カメラでクローズアップしたら、映画《えいが》のワンシーンみたいに、カナヘビは恐竜《きょうりゅう》になりきっているだろう。

とつぜん、ヒロトのことばが思いだされた。

「すばやく手でつかまえるんだよ。手のひらをふくらませて、おしつぶさないように気をつけて。」

ヒロトにいわれたとおり、すばやく手をのばした。

次のしゅんかん、カナヘビはさっとしげみにきえた。

「そうだっ！」

頭に真っ赤な鳥居《とりい》がうかんだ。

ヒロトに教えてもらったカナヘビがいる場所。

「そうだ。神社だ！」

思わず出してしまった大きな声に、遊具で遊んでいた小さな男の子がふりむいた。

きょとんとしている男の子に、コウダイはわらいかけた。

「びっくりさせて、ごめんね。おにいちゃん、いまから神社に行くんだ。」

コウダイは、たまらなくわくわくした。

あの日、ヒロトが教えてくれた。

「コウダイくんもつかまえたらいいよ。きょうみたいに天気がいい日は、神社の階段《かいだん》の下でひなたぼっこしてるから。」

階段《かいだん》をあがったところには、なぜかニホントカゲばかりで、カナヘビは階段《かいだん》の下にいる。

つかまえるなら階段《かいだん》をあがってはいけない。

でも、コウダイは、カナヘビがつかまえたいわけではない。

いまはとにかく、ヒロトと会って話がしたかった。

コウダイは公園をあとにして、全力でダッシュした。

郵便局《ゆうびんきょく》のかどをまがって、電車のガード下をぬけて、コウダイは走った。

交差点《こうさてん》の赤信号《あかしんごう》では、青になるのを見はからって、フライングするぐらいの気持ちで。全力で町をかけぬけた。

コウダイが幼稚園《ようちえん》のころにできた新しい住宅地《じゅうたくち》。

草がぼうぼうにしげった空き地をブルドーザーがならして、

いつのまにか家がたちならんでいた。

そのおくには、古い農家や畑がひろがっていて、住宅地《じゅうたくち》とのさかいめあたりに神社がある。

あとすこしというところで、コウダイの目に飛《と》びこんできた。

コウダイが全力で走るそのさきに、見おぼえがある後ろすがたと、そのおかあさんらしいふたりづれ。

すぐにわかった。

ヒロトだ！

コウダイは、全力ダッシュのどきどきと、ヒロトを見つけたどきどきで、心臓《しんぞう》がはれつしそうだった。

歯をくいしばって、ふたりを追いこして、鳥居《とりい》と道路をはさんだ曲がりかどのところで、足にブレーキをかけてふりむいた。

「ヒロト……。」

息がきれた。

そのあと、ことばがつづかなかった。

ぜえぜえ息をはきながら、ことばをさがして頭をフル回転させた。

でも、ことばが出ない。

なにかいわなければ。なにかいおう。

「真っ赤な鳥居《とりい》がさ……。カナヘビのめじるしかな？　あのさ、このあいだは……ごめんね。」

ヒロトはうつむいたまま。顔が赤くなっているように見えた。

「おこってる？」

コウダイが聞くと、ヒロトは首を横にふった。

それから、ヒロトは急に信号《しんごう》が青になったみたいにダッシュで飛《と》びだして、あっというまにさっていってしまった。

あんまりいきなりだったので、コウダイは身動きひとつできなかった。息がきれぎれで、追いかける力も残《のこ》っていなかった。

コウダイはぼうぜんと、走りさるヒロトの後ろすがたを見ていた。

おなじように、ヒロトを見ていたヒロトのおかあさんが、ぼそっとひとりごとのようにいった。

「きっとはずかしいんだな。」

思わずコウダイは聞きかえした。

「え？　ヒロトが？」

ヒロトのおかあさんがつづけた。

「こんにちは。コウダイくんっていうんでしょ」

「えーと……。はい。サエキコウダイです。」

「ヒロトから、たくさん聞いてるから。すぐにわかっちゃった。」

そういって、ヒロトのおかあさんはわらった。

ヒロトの気持ち

走りさるヒロトのすがたを見とどけると、ヒロトのおかあさんがいった。

「ヒロト、友だちの話なんか、ぜんぜんしなかったのに、さいきんはコウダイくんのことばっかりなんだよね。」

やさしくわらうヒロトのおかあさんを見て、コウダイはどきどきした。

さっきヒロトの後ろすがたを見つけたときとは、まったくちがうどきどきだ。

「えーと……。」

なにから話していいかわからなくて、コウダイは口ごもった。

顔が赤くなるのがわかった。

でも、ヒロトのおかあさんは、ぜんぜん気にならないようで、
そのまま話しつづけた。

「コウダイくんもカナヘビ飼《か》ってるの？」

「え？」

とつぜんの質問《しつもん》に頭がついていかなくて、ますますとまどった。

ヒロトのおかあさんは、コウダイのこたえをまたずにつづけた。

「そこの神社の鳥居《とりい》をくぐった参道《さんどう》にね、カナヘビがすんでるんだって……。あっ、コウダイくん、カナヘビって、ヘビじゃ

なくてトカゲなんだよ。知ってた？」

　コウダイはなんだかおかしくて、わらいそうになるのをこらえながらいった。

「はい。知ってます。体がヘビみたいに細長いから、そういうみたいです。」

「さすがはコウダイくん、よく知ってるね。」

「あっ、これはヒロトに教えてもらったんです。」

「えーっ、ヒロト、そんなこと話してるんだ。」

「はい。恐竜《きょうりゅう》のことも、たくさん教えてもらいました。」

「へえー、ヒロトが友だちと話してるとこ、ぜんぜん想像《そうぞう》つかないなあ。」

「あの……。」

コウダイは、思いきってきいてみた。

「ヒロトは友だちいないんですか？」

「うーん。一年生になるときに、こっちに引っ越《こ》してきたんだけどね。学校に友だち、コウダイくんのほかにいるのかなあ。幼稚園《ようちえん》のころから、ひとりで遊んでることがおおかったし。こまったよね。」

でも、ヒロトのおかあさんはぜんぜんこまったようではなくて、反対にやさしさがあふれていた。

「ねえ、コウダイくん、学校ではヒロト、なにしてるの？」

「えーと……。ひとりで教室にいることが、おおいかな。あと、図書室で本を読んだりしてます。おれは、ときどきいっしょに遊ぶけど……。」

コウダイはいえなかった。

いま、ちょうどけんかしていること。

ほんとうはヒロトとなかなおりしたくて、真っ赤な鳥居《とりい》をめざして全力で走ってきたこと。

「そっか。ヒロトはあいかわらずなのかな。それじゃあ、コウダイくんが、はじめての友だちなのかなあ……。そうそう。ヒロト、二年生の夏休みにね、ひとりだけで、どこに行ったと思う？」

「え？　どこですか？」

「ひとりで電車を乗りついで、二時間もかけて博物館《はくぶつかん》の恐竜展《きょうりゅうてん》を見に行ったの。それで帰ってくるなり、なんていったと思う？」

「え？　わからないです。」

「おかあさん！　恐竜《きょうりゅう》は絶滅《ぜつめつ》したけど、恐竜《きょうりゅう》から進化した生きものが、いまも存在《そんざい》するんだ！」

そういうと、ヒロトのおかあさんは大空を指さした。いつか図書室で見たヒロトのポーズとおなじだった。

コウダイは思わず声に出していた。

「知ってます。鳥は恐竜《きょうりゅう》から進化したんです！」

「そうなの。鳥なんだってね。あともうひとつ、ヒロトがいってたんだよね。おとなになったら研究したいって。ミッシング……。なんだっけな。」

「ミッシングリンクです！　恐竜《きょうりゅう》と鳥の進化の分かれめ。」

「そう、それそれ。」

ヒロトのおかあさんは、そういってわらった。

コウダイもおかしくて、思わずわらってしまった。

わらいながらつぶやいていた。

「ヒロト、すごいなあ。」

「え？　すごい？」

コウダイは、じぶんの気持ちをいっぺんにはきだした。

ヒロトの口から、恐竜《きょうりゅう》や生きものの知識《ちしき》が、いっきに飛《と》びだすときのように。

「ヒロトはすごいです！　おれが知らないことたくさん知ってるし。おれなんか、ひとりで電車に乗ったこともないのに、遠くまでひとりで行くし。ほんと、すごいです。それなのに、おれ……。」

ヒロトのおかあさんが、ゆっくり歩きながらいった。

「ヒロトがとくべつすごいわけじゃないよ。だれだって、好《す》きなことには夢中《むちゅう》になれる。夢中《むちゅう》になったら力が出せる。それだけのことじゃないかな。」

ヒロトのおかあさんのいうとおりだ。

コウダイがヒロトとなかよくなって、友だちとして好《す》きになったのだから、その気持ちを大きな力にしなければならない。

じぶんでどうにかしなくてはならない。

コウダイがくちびるをかんでだまっていると、ヒロトのおかあさんがつづけていった。

「ねえ、コウダイくん、うち、すぐこのさきだから、よっていく？　ヒロト、もうだいじょうぶだと思うよ。」

「え？　行ってもいいんですか？」

「もちろん。ヒロトの友だちなら大歓迎《だいかんげい》！」

コウダイは思いだした。

いつかコウダイのおかあさんがおなじことをいっていた。

コウダイの友だちなら大歓迎《だいかんげい》だと。

だから、よけいにヒロトのおかあさんのことばがうれしかった。

でも、うれしいからこそ、あまえてはいけない。

このまま、ヒロトの家に行ってはいけない。

コウダイは、強い気持ちでいった。

「……ごめんなさい。きょうはやめます。でも、あした、学校でヒロトと話します。」

ヒロトのおかあさんは、やさしくわらっていった。

「うん。わかった。よろしくね。」

ヒロトのおかあさんは、ほんとうに、なにからなにまで、わかっていてくれる。そんな気がした。

それから、ヒロトのおかあさんは手をふっていった。

「いま、コウダイくんと話したこと。ヒロトにはないしょにしておくね。ありがとう。」

コウダイは、だまってうなずいた。

あした、学校で、ヒロトと話そう。

そう、こころにきめた。

進化の分かれめ

次の日。学校へむかう坂道をのぼりながら、コウダイはじぶんにいいきかせた。

だいじょうぶ。きっとうまくいく。

きのう、ヒロトのおかあさんと話して、ヒロトのことがずいぶんわかった気がした。

だから、ヒロトの気持ちになって考えて、きちんと話さなければいけない。

あやまらなければいけない。

コウダイは、小学校にあがるまえから、恐竜《きょうりゅう》が大好《だいす》きだった。

でも、恐竜《きょうりゅう》がどんなにすごい存在《そんざい》だったとしても、絶滅《ぜつめつ》して
しまったら、歴史《れきし》からは消えるだけだ。
それならいっそのこと、恐竜《きょうりゅう》から鳥に進化して、大空へむかっ
て、はばたいたほうがいい。
コウダイとヒロトの友情《ゆうじょう》は、いま、まさに進化の分かれめ。
ミッシングリンクにいる。
コウダイは、こころのなかでちかった。
絶滅《ぜつめつ》なんかぜったいにしない。
ヒロトといっしょに進化する。
鳥になって大空を飛《と》んでみせる。
じぶんでじぶんにいいきかせながら坂道をのぼりつめ、学校
についた。

教室に入ると、コウダイはそっとヒロトを確認《かくにん》した。ヒロトは、いつもとおなじ顔で席《せき》についていた。

一時間目。なにごともなく授《じゅ》業《ぎょう》がすすんでいく。

二時間目が終わって休み時間。コウダイは、できるだけ表情《ひょうじょう》をかえないように、ヒロトを意《い》識《しき》しないように、友だちといっしょにそとへ出た。

まだはやい。

声をかけるタイミングではない。

三時間目、四時間目がすぎて、給食《きゅうしょく》を食べおえて、いよいよ、そのときがきた。

昼休み。コウダイをふくむクラスの男子のほとんどは、校庭に出て遊ぶ。

「コウダイ、なにしてんだよ。はやく行こうよ。」

「ごめん。さき行ってて。」

友だちが教室を出たのを見はからって、コウダイはゆっくりヒロトに近づいた。

「ヒロト……。」

ヒロトが顔をあげた。

「コウダイくん……。」

そういったきり、ヒロトはだまってしまった。
おこっているようには見えなかった。
でも、うれしいようにも見えない。
コウダイは、きんちょうした。
どきどきしながら、しっかりことばを選《えら》びながら、ゆっくり口を開いた。
「あのさ、きょう天気いいし、いっしょにそとで遊ばない？」
ヒロトはこえたなかった。
でも、すこしだけ口がうごいたように見えた。
コウダイは、しんぼう強くことばを待った。
ヒロトはだまったまま、口をとじている。
コウダイは、口を横にのばして、ニッとわらった。

それから、できるだけやさしい気持ちでいった。

「あのさ、たまにはみんなでさ。ヒロトもドッジボールとかしない？」

ヒロトの口が開いた。

「でも……。」

コウダイは、ひと呼吸《こきゅう》おいていった。

「でも？」

「うーん……。」

ふたたび、ヒロトはだまってしまった。

コウダイのなかで、また、あのいやな気持ちが、じわじわ、じわじわ、こみあげてくるのがわかった。

よくないことばが出てきそうだった。

いやな気持ちをおさえこんで、息をのんだ。
ヒロトはなにもいわない。
コウダイは、口から飛《と》びだしそうなことばを必死《ひっし》にのみこんだ。
なんでだまってるんだよ!
だまってたらわからないよ!
コウダイは、口のなかで、ほおの内側《うちがわ》をかんだ。
そうやって、ことばをのみこんだ。
でも、ヒロトはだまっている。
やっぱり、だめなのだろうか。
もう、なにをいっても、もとにはもどらないのだろうか。
これが現実《げんじつ》だというのか。

しかたがない……。

とうとう、コウダイはあきらめた。

「あのさ、おれ、そとで遊んでるからさ。だから、あとからでもいいから、ヒロトも来なよ。」

コウダイは、ぎりぎりの気持ちでそういって、くちびるをかみしめて、そとへ出た。

なんでこんなことになったのか。

頭のなかでいろんな気持ちがぐるぐるまわっていた。

階段《かいだん》をかけおりて、校庭に飛《と》びだして、もう一度ふりかえった。

ヒロトに追いかけてきてほしい。

そうねがったけれど、かなわなかった。

コウダイの気持ちは、どうしたっておさまらない。

校庭で遊ぶクラスメイトのなかに入る気にもなれなくて、ひとりで朝礼台の横につっ立っていた。

青空に飛行機雲《ひこうきぐも》。

小さく小さく飛行機《ひこうき》が飛《と》んでいた。

初夏《しょか》の風が横からふいた。

ふと、なにかが目に入った。

コウダイの足もとに、紙飛行機《かみひこうき》がおちた。

いや、紙飛行機《かみひこうき》ではなかった。

「カミサウルス！」

コウダイはすぐにわかった。

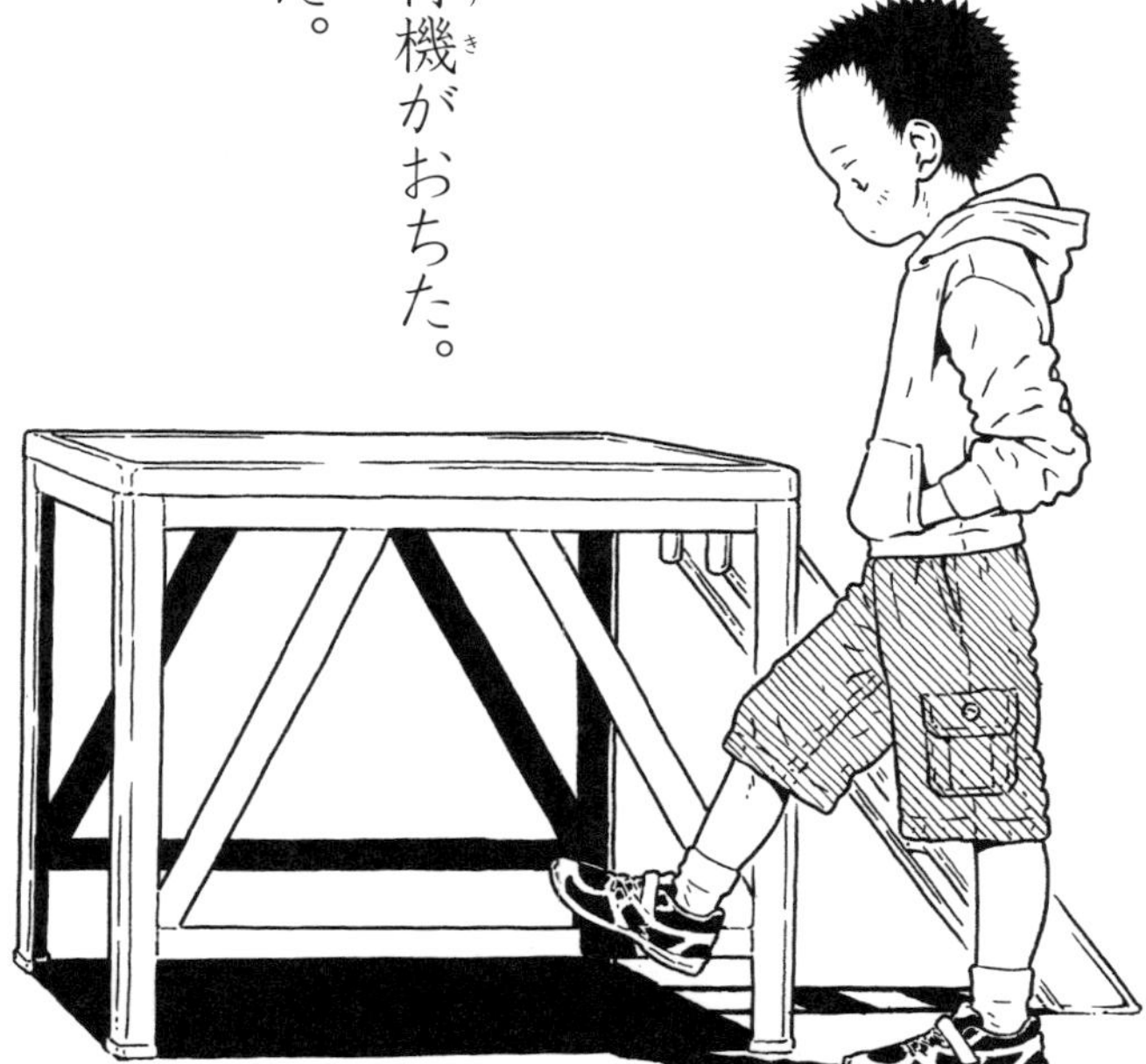

ふたりの未来

コウダイの足もとに着地したのは、紙飛行機《かみひこうき》ではない。

まちがいなくカミサウルスだった。

コウダイは、ヒロトとの会話を思いだした。

「ねえ、コウダイくん、セキレイって頭からしっぽまでまっすぐで、すらっとひきしまった体がそれっぽくない？」

「ミッシングリンク？」

ふたりでつくろうと約束《やくそく》したミッシングリンクのカミサウルス。

恐竜《きょうりゅう》と鳥の進化の分かれめ。

ヒロトはひとりでつくったのだ。
コウダイは、足もとのそれを手にすると、ふりかえって校しゃを見た。
三階の右から三つ目の窓《まど》。
ヒロトを見つけた。
つぎの瞬間《しゅんかん》、ヒロトがすこしあわてたように、後ろへひっこんだ。
コウダイはあせった。
ヒロトはおこっているのだろうか。
考えるよりさきに、体が動いた。
コウダイは走った。
げた箱にくつをつっこんで、上ばきをはいた。

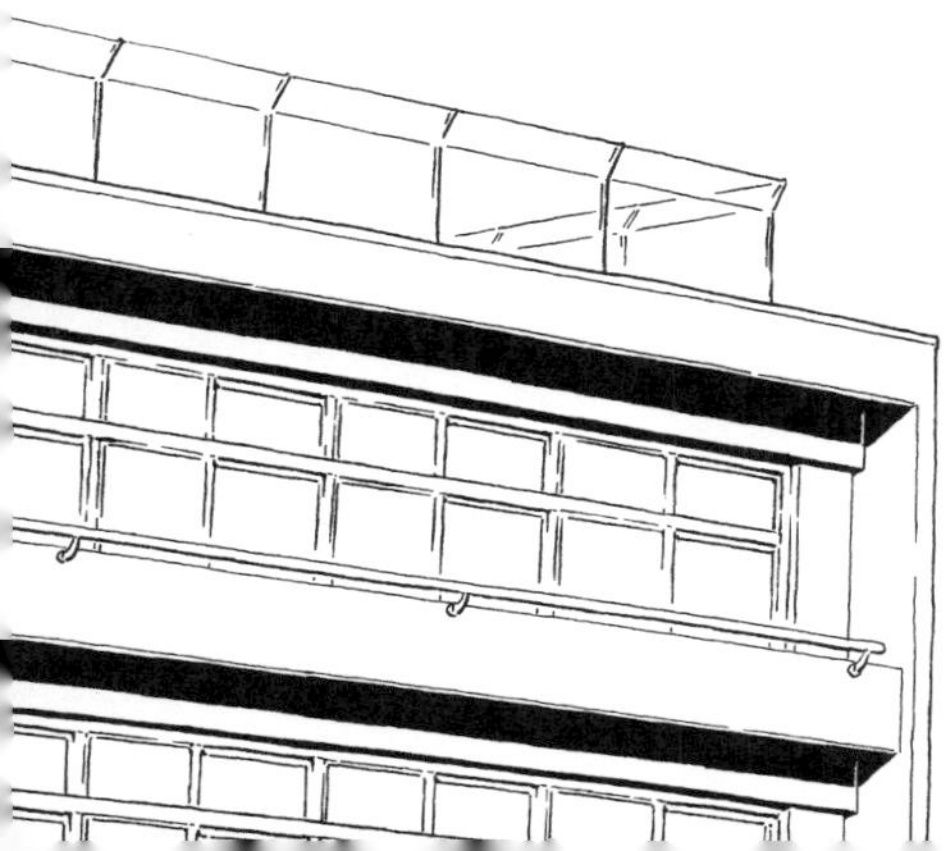

階段《かいだん》を一段《だん》とばしでかけあがった。

息をきらせて、三階のろうかをころがるように走って、教室にとびこんだ。

ヒロトと先生がむかいあっていた。

先生のことばがきこえた。

「ヒロトくん、窓《まど》からなにか投げたでしょ？　だまってたら、先生、なにもわからないよ……」

コウダイは、さけんだ。

「先生！　ヒロトが投げたのはこれです。ぼくにわたすために投げたんです。ヒロトはわるくないです。」

先生がふりむいた。

「え？　どういうこと？」

「これ、ふたりでつくろうって約束《やくそく》したんです。窓《まど》から投げるのはいけないけど、それなら、ぼくもわるいです。ごめんなさい。」

先生が、コウダイとヒロトを交ごに見た。

ヒロトが消えいるような声でいった。

「ごめんなさい。」

コウダイもくりかえした。

「ごめんなさい。」

先生は、こまったような顔をして、ふたりにいった。

「はい。わかりました。これからは気をつけてね。」

それから、先生は、にこっとわらってつけたした。

「まったく、このあいだのこといい、おかしなふたりね。」

コウダイとヒロトは、おかしなふたり。
コウダイは、なぜだか、なみだが出そうになった。
でも、ヒロトは小さくわらっていた。
つられて、コウダイもおかしくなった。
「ねえ、ヒロト、これ、ひとりでつくったの？」
そういって、ミッシングリンクのカミサウルスをさ

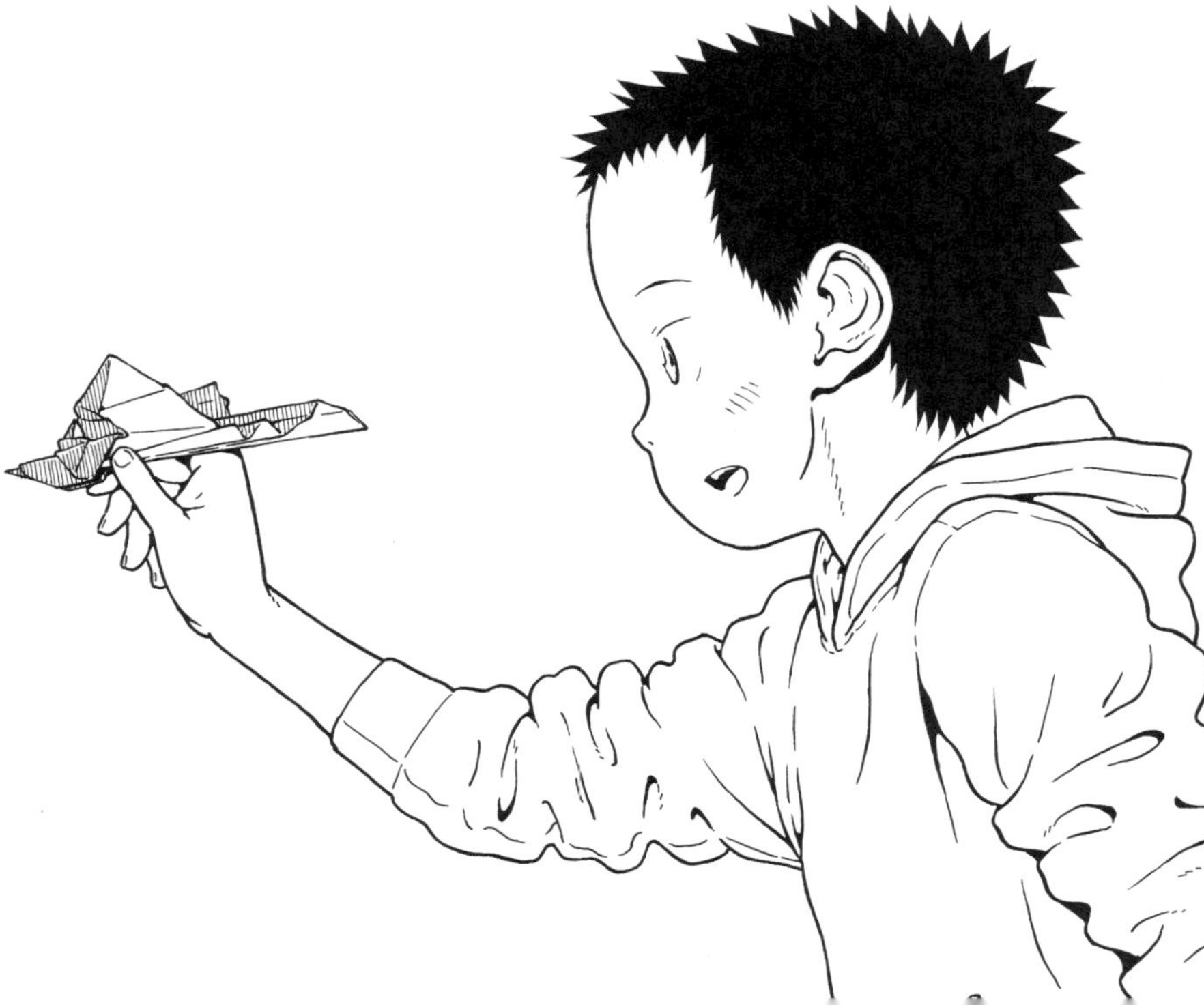

しだした。

「うん。コウダイくんに見せたくて。きのうの夜、やっとできたんだ。」

「きのうの夜？　神社のそばでおかあさんといっしょにいた、あのあと？」

「うん。あのときは、まだできてなかったから……。」

「そっか。そうだったんだ……。」

それで、あのときヒロトは、いきなり走りさってしまったのだ。

ふたりの約束《やくそく》をまもりたかったから。

まずは、じぶんなりにミッシングリンクのカミサウルスをつくって、おたがいに見せあうと約束《やくそく》したから。

頭のなかで、パズルのピースが、ひとつひとつ、はまっていくようだった。

コウダイがなにもいえなくてだまっていると、ヒロトがさきに話しだした。

「でもね、ふたりでつくったほうが、もっともっとうまくできる気がするんだ。」

「あっ、おれもおなじこと思ってたんだ。ほんとうは約束《やくそく》どおりひとりでつくって、完成《かんせい》したらもう一度ヒロトと……。あのさ、いろいろ、ごめんね。」

ヒロトがしんけんな顔でこたえた。

「こっちこそ、ごめんね。コウダイくんといっしょにいると、すごく楽しいんだけど、ときどきどうしたらいいか、じぶんでもわからなくなって……。」

コウダイはようやく気がついた。

ヒロトは、ひとりでいるのが好《す》きなわけでも、人と話したり、じぶんの気持ちをつたえるのがきらいなわけでもない。

もちろん、そとで遊ぶのがいやなわけでもない。

なかのいい友だちといっしょなら、いつだって、どこでだって、なにをしていたって、楽しいはずだ。

そして、ヒロトにとってその友だちがコウダイであるということ。

コウダイにとってもヒロトであるということ。

いつかヒロトのいいところに気がついただれかが、新しい友だちになるかもしれない。

でも、いまはコウダイとヒロトとふたりで、すこしずつタイミングをあわせていけばいい。

コウダイは、ヒロトがつくったミッシングリンクのカミサウルスを高くかかげていった。

「これ、そとで飛《と》ばそうよ。」

ヒロトが力強くこたえた。

「うん。飛《と》ばそう!」

「それじゃあ、恐竜《きょうりゅう》と鳥の分かれめのテスト飛行《ひこう》ってことで。」

「結果《けっか》をみて、改良《かいりょう》していくってことで。」

「よーし。ヒロト、行こう!」

「オッケー、コウダイ、行こう!」
いつのまにか、ヒロトの「コウダイくん」が「コウダイ」になっていた。
ふたりはならんで教室を出た。
階段《かいだん》をかけおりた。
上ばきをぬいで、くつをはくのがもどかしかった。
初夏《しょか》の日ざしがふりそそぐ校庭で、ふりかぶって、せーので飛《と》ばしたカミサウルス。
空たかく飛《と》んだそれは、恐竜《きょうりゅう》と鳥の進化の分かれめ。ミッシングリンク。
恐竜《きょうりゅう》は絶滅《ぜつめつ》してしまったけれど、鳥となっていまにつながっている。

恐竜《きょうりゅう》から鳥へ進化したように。
鳥となって大空をはばたいたように。
コウダイとヒロトも進化する。
ふたりはかがやける未来《みらい》へむかって。いつかきっと大空をはばたくときがくる。
そうさきっと――
ぼくたちは進化する！

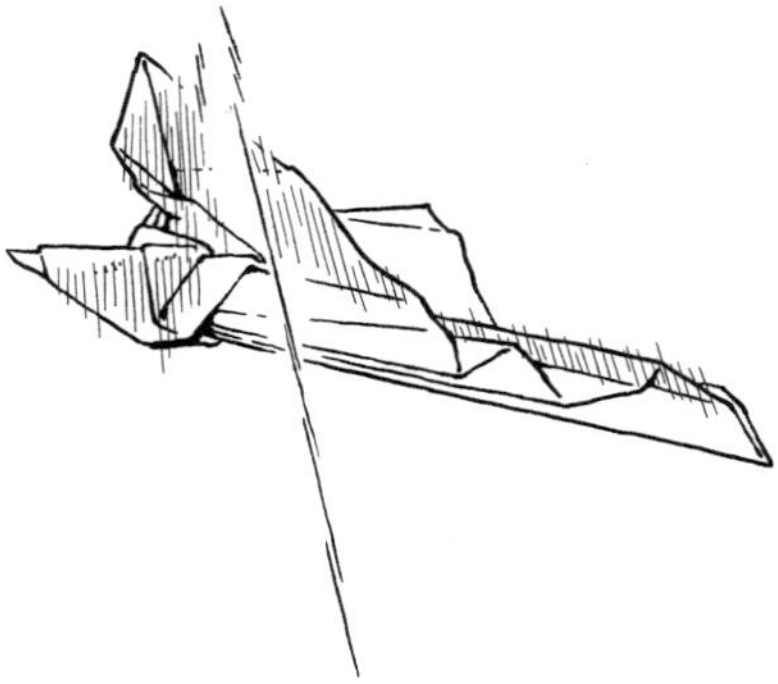

■作家　**平田昌広**（ひらた まさひろ）

1969年、神奈川県生まれ。2002年“オフィスまけ”を設立。平田景との夫婦共作絵本に『おかんとおとん』（大日本図書）『ぱんつくったよ』（国土社）『みかんの めいさんち』（鈴木出版）など、文を担当した絵本に『あめふりうります』（野村たかあき　絵・講談社）『おとうさんはうんてんし』（鈴木まもる　絵・校正出版社）などがある。本書がはじめての長編作品になる。

■画家　**黒須高嶺**（くろす たかね）

１９８０年埼玉県生まれ。2008年からイラストレーターとして活動をはじめ、児童書、学習参考書などを中心に活躍。精密感と温かみを兼ね備えた画風が持ち味。おもな作品に『日本国憲法の誕生』（奥野浩之　作・岩崎書店）『くりぃむパン』（濱野京子　作・くもん出版）『迷宮ケ丘 二丁目 百年オルガン』（日本児童文学者協会　編・偕成社）『豊田喜一郎』（山口理　文・あかね書房）『まど・みちお』（谷悦子　文・あかね書房）などがある。

装丁　白水あかね

スプラッシュ・ストーリーズ・28

ふたりのカミサウルス

2016年11月25日　初版発行

作　者　平田昌広
画　家　黒須高嶺
発行者　岡本光晴
発行所　株式会社あかね書房
　　　　〒101-0065　東京都千代田区西神田 3-2-1
電　話　営業(03)3263-0641　編集(03)3263-0644
印刷所　錦明印刷株式会社
製本所　株式会社難波製本

NDC 913　144ページ　21 cm

ISBN978-4-251-04428-0
落丁・乱丁本はお取りかえいたします。定価はカバーに表示してあります。
http://www.akaneshobo.co.jp

スプラッシュ・ストーリーズ

虫めずる姫《ひめ》の冒険《ぼうけん》

芝田勝茂・作／小松良佳・絵

虫が大好《す》きな姫《ひめ》が、金色の虫を追《お》う冒険《ぼうけん》の旅《たび》へ。痛快平《つうかいへい》安《あん》スペクタクル・ファンタジー！

強くてゴメンね

令丈ヒロ子・作／サトウユカ・絵

クラスの美少女に秘密《ひみつ》があった！　とまどいとかんちがいから始《はじ》まる小５男子のラブの物語《ものがたり》。

ブルーと満月《まんげつ》のむこう

たからしげる・作／高山ケンタ・絵

ブルーが、裕太《ゆうた》に不思議《ふしぎ》な声で語りかけた…。鳥との出会いで変《か》わってゆく少年の物語《ものがたり》。

バアちゃんと、とびっきりの三日間

三輪裕子・作／山本祐司・絵

夏休みの三日間、バアちゃんをあずかった祥太《しょうた》。認知症《にんちしょう》のバアちゃんのために大奮闘《ふんとう》！

鈴《すず》とリンのひみつレシピ！

堀　直子・作／木村いこ・絵

おとうさんのため、料理《りょうり》コンテストに出る鈴《すず》。犬のリンと、ひみつのレシピを考えます！

想魔《そうま》のいる街《まち》

たからしげる・作／東　逸子・絵

“想魔《そうま》”と名乗《なの》る男に、この世界《せかい》はきみが作ったといわれた有市《ゆういち》。もとの世界《せかい》にもどれるのか？

あの夏、ぼくらは秘密基地《ひみつきち》で

三輪裕子・作／水上みのり・絵

亡《な》くなったおじいちゃんに秘密《ひみつ》の山荘《さんそう》が？　ケンたちが調べに行くと…。元気な夏の物語《ものがたり》。

うさぎの庭《にわ》

広瀬寿子・作／高橋和枝・絵

気持《きも》ちをうまく話せない修《おさむ》は、古い洋館《ようかん》に住《す》むおばあさんに出会う。あたたかい物語《ものがたり》。

シーラカンスとぼくらの冒険《ぼうけん》

歌代　朔・作／町田尚子・絵

マコトは地下鉄でシーラカンスに出会った。アキラと謎《なぞ》を追《お》い、シーラカンスと友だちに…。

ぼくらは、ふしぎの山探検隊《たんけんたい》

三輪裕子・作／水上みのり・絵

雪合戦やイグルー作り、ニョロニョロ見物…。山荘《さんそう》で雪国暮《ぐ》らしを楽しむ子どもたちの物語《ものがたり》。

犬とまほうの人さし指《ゆび》！

堀　直子・作／サクマメイ・絵

ドッグスポーツで世界をめざすユイちゃん。わかなは愛犬《あいけん》ダイチと大応援《だいおうえん》！

ロボット魔法部《まほうぶ》はじめます

中松まるは・作／わたなべさちよ・絵

陽太郎《ようたろう》は、男まさりの美空《みそら》、天然《てんねん》少女のさくらと、ロボットとのダンスに挑戦《ちょうせん》。友情《ゆうじょう》と成長《せいちょう》の物語《ものがたり》。

おいしいケーキはミステリー!?

アレグザンダー・マコール・スミス・作／もりうちすみこ・訳／木村いこ・絵

学校でおかしの盗難《とうなん》事件《じけん》が発生《はっせい》。少女探偵《たんてい》プレシャスが大活躍《だいかつやく》！　アフリカが舞台《ぶたい》の物語《ものがたり》。

ずっと空を見ていた

泉　啓子・作／丹地陽子・絵

父はいなくても、しあわせに暮《く》らしてきた理央《りお》。そんな日々が揺《ゆ》らぎはじめ…。

ラスト・スパート！

横山充男・作／コマツシンヤ・絵

四万十川《しまんとがわ》の流れる町で元気に生きる少年たちが、それぞれの思いで駅伝《えきでん》に挑《いど》む。熱《あつ》い物語《ものがたり》。

飛《と》べ！　風のブーメラン

山口　理・作／小松良佳・絵

大会を目指《めざ》し、カンペはブーメランに燃《も》えるが、ガメラが入院《にゅういん》して…!?　家族《かぞく》のきずなと友情《ゆうじょう》の物語《ものがたり》。

いろはのあした

魚住直子・作／北見葉胡・絵

いろはは、弟のにほとけんかしたり、学校で見栄《みえ》をはったり…。毎日を繊細《せんさい》に楽しく描《えが》きます。

ひらめきちゃん

中松まるは・作／本田　亮・絵

転校生《てんこうせい》のあかりは、ひらめきで学校に新しい風をふきこむ。そして親友の葉月《はづき》にも変化《へんか》が…。

一年後のおくりもの

サラ・リーン・作／宮坂宏美・訳／片山若子・絵

キャリーの前にあらわれるお母さんの幽霊《ゆうれい》。伝《つた》えたいことがあるようだけど……。

リリコは眠《ねむ》れない

高楼方子・作／松岡　潤・絵

眠《ねむ》れない夜、親友の姿《すがた》を追《お》ってリリコは絵の中へ。不思議《ふしぎ》な汽車の旅《たび》の果《は》てには…！？　幻惑《げんわく》と感動《かんどう》の物語《ものがたり》。

あま～いおかしに ご妖怪《ようかい》？

廣田衣世・作／佐藤真紀子・絵

ある夜、ぼくと妹の前にあらわれたのは、おっかなくて、ちょっとおせっかいな妖怪《ようかい》だった！

魔法《まほう》のレシピでスイーツ・フェアリー

堀　直子・作／木村いこ・絵

みわは、調理同好会《ちょうりどうこうかい》の危機《きき》に、お菓子《かし》で「妖精《ようせい》の国」を作ると言ってしまい…！？　おいしくて楽しいお話！

アカシア書店営業《えいぎょう》中！

濱野京子・作／森川　泉・絵

大地《だいち》は、児童書コーナーが減《へ》らされないよう、智也《ともや》、真《ま》衣《い》、琴音《ことね》といっしょに奮闘《ふんとう》！　アカシア書店のゆくえは？

逆転《ぎゃくてん》！ドッジボール

三輪裕子・作／石山さやか・絵

陽太《ようた》と親友の武士《ぶし》ちゃんは、クラスを支配《しはい》するやつらとドッジボールで対決《たいけつ》する。小４男子の逆転《ぎゃくてん》のストーリー。

流れ星キャンプ

嘉成晴香・作／宮尾和孝・絵

圭太《けいた》は秘密《ひみつ》のキャンプがきっかけでおじいさんと少女に出会う。偶然《ぐうぜん》つながった三人が新たな道を歩きだす物語《ものがたり》。

はじけろ！パットライス

くすのきしげのり・作／大庭賢哉・絵

入院《にゅういん》したおばあちゃんの食べたいものをさがすハルカ。弟や友だちのコウタといっしょに手がかりをたどる…。さわやかな物語《ものがたり》。

ふたりのカミサウルス

平田昌広・作／黒須高嶺・絵

“恐竜《きょうりゅう》”をきっかけに急接近《きゅうせっきん》したふたり。性格《せいかく》は正反対《せいはんたい》だけど、恐竜《きょうりゅう》のように友情《ゆうじょう》も進化《しんか》するんだ！

以下続刊